Chantaje
a un millonario
Abby Green

Bianca™

HARLEQUIN™

Editado por HARLEQUIN IBÉRICA, S.A.
Núñez de Balboa, 56
28001 Madrid

I.S.B.N.: 978-84-671-6820-4
Depósito legal: B-49552-2008
Editor responsable: Luis Pugni
Preimpresión y fotomecánica: M.T. Color & Diseño, S.L.
C/. Colquide, 6 portal 2 - 3º H. 28230 Las Rozas (Madrid)
Impresión y encuadernación: LITOGRAFÍA ROSÉS, S.A.
C/. Energía, 11. 08850 Gavá (Barcelona)
Fecha impresion para Argentina: 6.7.09
Distribuidor exclusivo para España: LOGISTA
Distribuidor para México: CODIPLYRSA
Distribuidores para Argentina: interior, BERTRAN, S.A.C. Vélez
Sársfield, 1950. Cap. Fed./ Buenos Aires y Gran Buenos Aires,
VACCARO SÁNCHEZ y Cía, S.A.
Distribuidor para Chile: DISTRIBUIDORA ALFA, S.A.

Capítulo 1

ESTOY seguro de que, si fuera a tener un hijo, lo sabría y, además, tampoco sería de su incumbencia, pues no la conozco absolutamente de nada. Haga el favor de quitarme las manos de encima.

Alicia Parker estaba tan sorprendida por lo que había hecho que no se podía ni mover. Sus acciones habían conseguido parar a aquel hombre al que estaba mirando ahora. Se trataba de un hombre de rostro increíblemente bello, era tan guapo que Alicia creyó que no podía respirar.

Lo único que su cerebro, cansado y agotado, podía registrar eran impresiones. Alto. Fuerte. Moreno. Guapísimo. Sexy. Poderoso. Sexy. Poderoso.

Los ojos que la miraban lo hacían con tanta frialdad y arrogancia que era evidente que aquel hombre estaba seguro de que la acusación que acababa de verter sobre él era falsa y que debía de estar loca para haberse aproximado a él de aquella manera.

Aquella mirada helada la podría haber convertido en hielo, pero, extrañamente, Alicia no sentía frío sino, más bien, todo lo contrario. Sentía un calor inconmensurable por todo el cuerpo.

Y mientras ella lo miraba anonadada, Dante D'Aquanni tiró con desdén de la manga de su carísimo traje para librarse de la mano de Alicia, que lo agarraba con fuerza. A continuación, miró a sus guardaespaldas y salió del edificio que alojaba sus oficinas en Londres.

Se había ido, había desaparecido sin mirar atrás, sin prestar la más mínima atención a aquella mujer menuda y despeinada que lo había asediado y que había intentado hacerse escuchar.

En pocos segundos, Alicia se vio rodeada por varios guardias de seguridad que en un abrir y cerrar de ojos la pusieron de patitas en la calle, donde se encontró bajo un increíble aguacero y con la sensación de que lo que acababa de suceder había sido una pesadilla...

Alicia apretó los dientes. Por desgracia, aquel día, hacía ahora una semana, no había sido una pesadilla. Había ocurrido en realidad y la misma razón que la había llevado a protagonizar aquella escena la había llevado a estar ahora sentada en un minúsculo coche de alquiler y aparcada frente a un increíble hotel situado a orillas del lago Como, en Italia.

Todavía estaba resfriada a causa de la lluvia de aquel día. Dante D'Aquanni se había negado a escucharla entonces, pero ahora no podría negarse.

El sol se había puesto hacía horas, pero el cielo no estaba completamente negro. Todavía había nubes violetas. Era aquel momento mágico del día en el que la luz daba paso a la noche, aquel momento de tanta belleza que solía pasar desapercibido para muchos.

Y, bajo aquella luz tan especial, el hotel brillaba literalmente, envuelto en una nube de lujo y glamour.

Alicia estaba aterrorizada.

Estaba intentando no dejarse intimidar por la mansión ni por las calles limpísimas ni por cómo iban de elegantemente vestidas las personas que salían y entraban del hotel.

Aquel lugar se encontraba a muchos miles de kilómetros de cualquier lugar en el que ella se hubiera encontrado jamás. Alicia cerró los ojos. Le dolían. Lo cierto era que le dolía todo el cuerpo. Estaba exhausta. Era consciente de que estaba a punto de caer rendida, pero no había tenido tiempo de dormir.

Lo único que la obligaba a seguir adelante era la ira al recordar lo que aquel hombre le había hecho.

Aquélla era la única solución y la única manera que le iba a permitir verlo y obligarlo a admitir su responsabilidad, la única manera de que aceptara que era el padre del hijo que iba a tener su hermana.

Alicia recordó el rostro de Melanie tumbada en la cama del hospital y sintió que el corazón se le constreñía de dolor, lo que la llevó a cerrar los ojos de nuevo. Aun así, no podía dejar de ver la cara de su hermana ni tampoco la cantidad de cables y tubos que salían de su delicado cuerpo.

Alicia sintió que los ojos se le llenaban de lágrimas y rezó para que no le sucediera nada. Rápidamente, se aseguró a sí misma que nada le iba a ocurrir.

Abrió los ojos más decidida que nunca a conseguir que Dante D'Aquanni le diera el dinero que necesitaba para el tratamiento de Melanie. Aquel hombre tenía que aceptar el papel que había desempeñado en todo lo que había sucedido.

Debía pagar.

Era su única opción.

Alicia estaba desesperada.

Su hermana había tenido un terrible accidente de tráfico mientras conducía para reunirse con su amante. Ella y el bebé habían sobrevivido de milagro, pero Melanie se había fracturado la pelvis y había sufrido varias lesiones internas. Al estar embarazada, necesitaba desesperadamente poner a Melanie en manos de un médico que tuviera experiencia con embarazadas y fracturas. Aquel terapeuta vivía en el centro de Londres y Alicia sabía perfectamente que aquel tipo de cuidados se pagaban de forma privada y a precio muy alto.

Al no tener familia cercana ni amigos íntimos que tuvieran tanto dinero, se había visto obligada a llegar hasta donde lo había hecho. La enfermera que se encargaba de su hermana y que había sido compañera de Alicia durante los estudios de enfermería le había asegurado que Melanie estaba estable y que podía dejarla sola durante un tiempo. Aquello había sido lo que la había impulsado a dar aquel paso drástico y desesperado.

Alicia volvió a mirar hacia las puertas del hotel. Nada. Había seguido a Dante D'Aquanni aquella tarde desde su mansión, situada a orillas del lago, hasta el hotel, donde lo había visto reunirse con una espectacular mujer de pelo castaño.

Alicia se preguntó si se la llevaría a su casa o si le estaría haciendo el amor en una de las maravillosas suites del hotel. Aquello la llevó a morderse el labio inferior y a rezar para que no se la llevara a casa, pues necesitaba hablar con él a solas.

Algo le llamó la atención y volvió a mirar hacia el edificio. El portero acababa de llevar un descapotable plateado hasta la puerta principal, que se estaba abriendo en aquellos momentos.

Alicia reconoció el coche de Dante D'Aquanni inmediatamente.

Y el propietario no tardó en aparecer.

Salía del hotel ataviado con un esmoquin negro, con la pajarita desatada y, desde luego, bastante más despeinado que cuando había entrado. La guapísima mujer de pelo castaño salió a su lado, enfundada en un vestido plateado maravilloso y con apariencia también algo desaliñada.

Era evidente que se habían acostado.

A Alicia le hubiera gustado sentir náuseas, pero lo único que sintió mientras miraba a aquella mujer que estaba abrazando a Dante D'Aquanni y apretándose contra él fue deseo y algo mucho más confuso. Alicia no se podía creer que la belleza y el carisma de aquel hombre le estuvieran haciendo mella desde el otro lado de la carretera.

Como cualquier hermana mayor protectora y cariñosa, estaba convencida de que Melanie era muy guapa y de que todo el mundo la quería, pero también era consciente de que ni ella ni su hermana eran el tipo de mujer en el que se fijaba aquel hombre. Aquel hombre estaba fuera de su alcance, en un nivel que ni siquiera conocían.

Entonces lo comprendió.

Por eso, precisamente, se la había quitado de encima con tanta grosería.

Para entonces, el portero había abierto la puerta del conductor del deportivo. Dante D'Aquanni se libró de la mujer y, tras darle un breve beso en la mejilla, bajó los escalones y se dirigió a su coche. Tras darle discretamente una propina al portero, se colocó al volante y desapareció.

Alicia se quedó mirando a la mujer, que observaba con pena la partida de su amado. A continuación, desapareció en el interior del hotel y Alicia supuso que volvería a la suite que había compartido con él.

De repente, se dio cuenta de que debía seguirlo, así que se apresuró a poner en marcha su coche y a salir del aparcamiento. ¿Qué demonios le estaba ocurriendo? Tenía que concentrarse para poder conducir aquel coche al que no estaba acostumbrada.

Respiró aliviada cuando vio que había un semáforo en rojo pocos metros más abajo y reconoció rápidamente la silueta del deportivo. Casi al instante, el semáforo se puso en verde y el deportivo volvió a avanzar.

Mientras lo seguía, Alicia recordó cómo acababa de tratar a su amante en las escaleras del hotel. Era evidente que a aquel hombre no le importaba ni nada ni nadie.

En aquel momento, sonó el teléfono móvil de Alicia. Lo había dejado sobre el asiento del copiloto y lo agarró. A continuación, escuchó y contestó.

—Ustedes limítense a seguirme y ya les mostraré yo por dónde entrar.

A continuación, miró por el espejo retrovisor y vio al otro coche, del que prácticamente se había olvidado. Ante todo, no debía permitir que el miedo la atenazara.

Pero el miedo ya se había apoderado de ella por lo que iba a hacer. Alicia se dijo que no debía perder la compostura ahora. Había llegado muy lejos, le había costado mucho trabajo averiguar dónde iba a pasar Dante D'Aquanni las vacaciones.

Aquella carretera que discurría junto al lago le habría parecido maravillosa y mágica en cualquier otro momento, pero ahora sólo tenía ojos para el coche de delante.

Sabía que la parte trasera de la mansión de Dante D'Aquanni daba a la orilla del lago. Desde su propiedad, debía de haber una maravillosa vista. Alicia era consciente de que aquellas casas eran realmente exclusivas. Jamás se ponían a la venta a través de anuncios, las transacciones se hacían de boca a boca, los compradores eran multimillonarios y los precios estrafalarios.

Claro que, ¿qué podía esperarse de un multimillonario que era el dueño de la constructora más grande del mundo?

Alicia se fijó en que había dejado de ver las luces del deportivo. Evidentemente, habían llegado. Había llegado el momento de la verdad. Debía hacerlo bien. Por Melanie.

Su hermana había conseguido recuperar la consciencia hacía una semana y había conseguido pronunciar unas cuantas palabras. Después de aquel esfuerzo, había vuelto a entrar en coma, pero había sido suficiente. Alicia había obtenido toda la información que necesitaba.

Tras aparcar bajo un árbol, esperó a que llegara el otro coche. Alicia se había enterado de que su hermana estaba embarazada tras volver de África. Una vez en casa, había corrido al hospital al encontrar varios mensajes en el contestador que le comunicaban el estado de Melanie.

Al estar la mejor amiga de Melanie de vacaciones, en el hospital habían tardado un día entero en identificar a su hermana y en ponerse en contacto con ella y, desde entonces, todo había dado un vuelco inesperado.

Alicia recordó una y otra vez las palabras de su hermana, aquellas palabras que la habían llevado hasta el lugar y el momento en el que se encontraba ahora.

Melanie la había tomado de la mano mientras hacía un gran esfuerzo por hablar.

–Cariño, no hables, guárdate las energías para recuperarte –le había dicho Alicia con el corazón roto.

Pero Melanie había negado con la cabeza.

–Debo decírtelo. Tengo que ver... tengo que hablar con Dante D'Aquanni... es él...

–¿Qué quieres decir? ¿Dante D'Aquanni es el hombre que te ha hecho esto?

Melanie se había recostado entonces sobre las almohadas. Tenía la respiración entrecortada.

–Iba a verlo para decirle que me iba de la empresa, que estaba dispuesta a hacer todo lo que me pidiera con tal de que... estaba muy preocupada y, de repente, apareció aquel camión... –recordó palideciendo y agarrándose a la mano de su hermana–. Debes encontrarlo, Lissy... necesito que... oh, Lissy, lo quiero tanto –se había lamentado Melanie con lágrimas en los ojos–. Lo ha mandado lejos... y lo necesito a mi lado.

Alicia volvió a concentrarse en el lago. La fiebre había hecho que las palabras de su hermana se tornaran incoherentes. Por ejemplo, era obvio que lo que había querido decir había sido que él, Dante D'Aquanni, la había mandado a ella lejos.

Los hechos estaban muy claros. A Alicia no le había costado mucho comprender que su hermana había tenido una aventura con Dante D'Aquanni, el propietario de la empresa en la que trabajaba, que él se había deshecho de ella y que Melanie iba a verlo cuando había tenido el accidente.

Alicia se sentía culpable por no haber estado al lado de su hermana cuando todo aquello había sucedido. De haber estado, habría podido evitar el accidente. Tendría que haberla llamado más desde África.

Durante su estancia en el continente africano, lo único que había sabido era que Melanie salía con un compañero de trabajo. Lo único que le decía en sus correos electrónicos, escritos prácticamente en código Morse, era que salía con alguien. Evidentemente, quería proteger al hombre que le había robado el corazón y la inocencia.

Alicia había intentado ponerse en contacto con la amiga de Melanie, pero no lo había conseguido, así que se había metido en Internet para averiguar quién era aquel hombre. Así, había descubierto que tener relaciones con un compañero de trabajo podía ser considerado un delito dentro de la empresa D'Aquanni. De ahí, que los correos electrónicos de su hermana fueran tan ridículamente secretos.

Y pensar que él mismo había tenido una aventura con una de sus empleadas. Menudo hipócrita.

Al oír que una puerta se cerraba tras ella, Alicia se hizo una coleta y se puso una gorra de béisbol. A continuación, salió del coche. El verano estaba terminando y Alicia se puso una sudadera por si acaso. También agarró su mochila y se aseguró de que su teléfono estaba en modo silencio.

Hecho todo aquello, se acercó a los dos hombres que habían salido del otro coche.

Dante D'Aquanni paró el coche frente a la puerta de su casa y se sintió enormemente aliviado. Escaleras arriba, lo esperaba su ama de llaves, habló con ella brevemente y entró a la inmensa mansión que era su hogar, su lugar preferido en el mundo.

Recordó entonces cómo Alessandra le había rogado que la llevara con él a pasar la noche allí, cómo se había abrazado a él en la puerta del hotel y le había murmurado al oído promesas eróticas que habían hecho que todo deseo se evaporara.

Dante se sirvió una copa y fue a la terraza desde la que se veía el lago. Era indiscutible que Alessandra Macchi era una de las mujeres más guapas de Italia y también era indiscutible que le había dicho a los cuatro vientos que quería estar con él. Aquello hizo que Dante apretara las mandíbulas. Lo que quería aquella mujer era su dinero. Eso sí que estaba claro.

Cuando había llegado al lago hacía unos días, había salido a tomar una copa y a ver a unos amigos y Alessandra había aparecido de repente diciendo que ella también se iba a tomar unas breves vacaciones. Debía de haberlo tomado con las defensas bajas porque había accedido a pasar a buscarla por su hotel aquella noche para ir a cenar y había permitido que lo sedujera.

¿Qué le había sucedido? Normalmente, no se arrepentía de nada de lo que hacía ya que todas sus decisiones eran tomadas después de haber considerado todos las ventajas y todas las desventajas. Alessandra era el tipo de mujer que le solía gustar: guapa, educada y con experiencia, una mujer a la que tampoco le interesaban los compromisos o que, por lo menos, fingía que no le interesaban. Entonces, ¿por qué aquella noche había sido tan desastrosa, tan mecánica y poco satisfactoria?

Dante se estremeció al volver a recordar cómo le

había pedido que la llevara a su casa con él. Era consciente de que no le debía de haber hecho ninguna gracia que la dejara en los escalones del hotel, pero conocía bien a las mujeres como ella y sabía que se repondría.

Mientras se felicitaba por haber podido escapar, se terminó la copa que se había servido y volvió al interior de su casa. En aquel momento, oyó voces, más bien gritos, y vio que su ama de llaves estaba forcejeando con alguien, que estaba intentando entrar.

Al instante, se puso en alerta y sintió que todo el cuerpo se le tensaba, algo que hacía mucho tiempo que no le sucedía. Enseguida, se encontró recordando los peligros de vivir en las calles de Nápoles.

Qué locura.

Aquel mundo había quedado atrás hacía mucho tiempo.

Alicia estaba intentando controlar las cosas, pero el reportero y el fotógrafo que la acompañaban se estaban mostrando un tanto agresivos. La situación se le estaba yendo de las manos. La pobre ama de llaves los miraba aterrorizada e intentaba cerrarles la puerta. Alicia no sabía italiano para tranquilizarla, para explicarle que lo único que querían era ver a Dante D'Aquanni y, por otra parte, sabía que los guardaespaldas no tardarían mucho en aparecer.

Aunque habían conseguido pasar por el agujero que había encontrado en la valla aquella tarde y esconderse entre los árboles, Alicia sabía que el equipo de seguridad de aquella casa ya los habría detectado.

En aquel momento, la puerta se abrió de par en par y todo el mundo se quedó quieto y callado.

Ante ellos estaba Dante D'Aquanni en persona, resplandeciente y devastador, mirándolos con sus ojos oscuros. Tras mirarlos de arriba abajo, le dijo algo al ama de llaves, que desapareció. A continuación, Dante salió y cerró la puerta tras él.

Alicia se había quedado sin palabras. Tal y como le había sucedido la semana anterior, se sentía desbordada, inútil e impotente. ¿La reconocería?

Dante parecía tranquilo, pero Alicia percibió las oleadas de energía que emanaban de su cuerpo. Dante se cruzó de brazos, dándole a entender que no representaba ninguna amenaza para él. A continuación, la miró fijamente y Alicia tragó saliva.

–Señor D'Aquanni, ¿conoce usted a esta mujer? –le preguntó el periodista.

El miedo inicial que había sentido Dante había desaparecido por completo. Conocía a los periodistas de la zona. No eran más que chusma. Que estuvieran contaminando su casa lo llenaba de ira y la única razón por la que debían de estar allí era aquella mujer.

Al instante, Dante recordó la semana anterior, en sus oficinas de Londres, cuando aquella mujer había salido de detrás de una columna y se había interpuesto en su camino. Dante había estado a punto de llevársela por delante porque era muy pequeña.

Volvió a mirarla de arriba abajo. Aparte de pequeña, no era femenina en absoluto. Llevaba el pelo recogido y, como el resto de ella, era de un color indeterminado, textura desconocida y forma irreconocible.

Para su sorpresa, mientras pensaba todo aquello, se fijó en sus ojos, enormes, marrones y enmarcados por unas larguísimas pestañas. Lo miraba sorprendida.

Aquella mujer no representaba ninguna amenaza.

la cámara y borraría las imágenes digitales, pero no estaba seguro de que no hubieran captado aquel beso desde otro ángulo.

Había besado a aquella mujer delante de aquellos hombres, tampoco les hacían falta fotografías.

—Un momento —gritó.

El guarda de seguridad se paró en seco.

Alicia, que había quedado como lobotomizada por el beso de Dante D'Aquanni, se limitó a observar.

—Lo que ha ocurrido, me temo, es muy sencillo —sonrió el empresario—. Esta señorita os ha utilizado. Es cierto que he quedado esta tarde con Alessandra. Ha sido sólo para intentar darle celos a mi pareja actual —relató mirando a Alicia, agarrándola de la mano y besándosela—. Y ha surtido efecto.

Alicia se dio cuenta de que el periodista se creía lo que le estaban contando y se dijo que deberían nominar a Dante D'Aquanni para los Oscar.

—¿De dónde ha salido? —gritó el reportero ya ha cierta distancia.

—Bueno, todos tenemos secretos, ¿no? Después de tantos años, supongo que entenderás que, cuando he decidido tener una relación realmente seria, haya preferido mantenerlo en secreto.

Alicia estaba tan sorprendida que no se le ocurría cómo iba a salir de aquella situación.

Dante odiaba a la mujer que tenía a su lado. ¿Cómo había atrevido a hacerle aquello? Lo había puesto re la espada y la pared.. El periodista tenía una his- y, si a Dante se le ocurría llamar a la policía, las s no harían sino empeorar, así que se vio obligado reír.

o hace falta que os diga que ésta es la última vez

—Sí, creo que la conozco —contestó.

Así que la había reconocido.

Alicia se preguntó si recordaría también lo que le había dicho. Entonces consiguió liberarse de la intimidación que la mantenía callada. Era su momento, su oportunidad. Aunque los echara y el fotógrafo no pudiera hacer fotografías, el periodista tendría un artículo y Dante se vería obligado a confesar lo que había hecho, se vería obligado a pensar en Melanie.

Alicia abrió la boca, pero, justo en el momento en el que iba a hablar, el reportero se le adelantó.

—Esta mujer nos ha dicho que tiene una historia jugosa sobre usted.

Dante dio un respingo, se fijó en cómo lo miraba aquella mujer, enfadada, y recordó lo que le había dicho cuando le había salido al paso la semana anterior.

«Es usted el padre de mi sobrino y, si cree que va a poder eludir sus responsabilidades, está muy equivocado».

Era una acusación tan ridícula que ni se había parado a pensar en ella. No había salido con nadie en Inglaterra, sabía perfectamente con quién se había acostado recientemente y tenía muy claro que ninguna de sus amantes estaban ni remotamente relacionadas con aquella mujer. Como millonario que era elegía con mucho cuidado a sus amantes y evitaba por todos los medios que se produjeran situaciones como la que se estaba produciendo. Muchas mujeres habían intentado atraparlo y aquélla era una más.

Dante no sabía si era una empleada, pero lo que sí sabía era que debía de ir muy en serio cuando lo había seguido hasta allí. En el acto, se dio cuenta del daño que le podía hacer y decidió que debía impedírselo.

Alicia decidió que había llegado su gran momento y se lanzó.

—Este hombre… —comenzó con valentía.

Sin embargo, al oír un perro a sus espaldas, se giró y vio que se trataba de un guarda de seguridad. Al instante, se dijo que no debía dejarse impresionar, se giró de nuevo hacia Dante D'Aquanni y repitió.

—Este hombre...

Los periodistas que la acompañaban la miraban expectantes y Alicia pensó que debería haberles contado su historia antes de ir hasta allí. Quizás se sintieran defraudados.

—Este hombre es responsable de...

Pero no le dio tiempo a terminar porque sus labios se vieron paralizados bajo una boca cruel y dura. Alicia sintió que el mundo se volvía oscuro y se desorientó. Dante D'Aquanni la había tomado en brazos, la había levantado del suelo y la apretaba contra su pecho.

Alicia se encontraba tan desbordada que le costaba pensar. Para empezar, por el olor que la envolvía, caliente y almizclado, pero también por la sensación de encontrarse pegada a su pecho, un pecho duro, musculado y fuerte. Y no podía liberarse de aquellos labios, unos labios que estaban explorando su boca en aquellos momentos.

De repente, sintió que todo su cuerpo se derretía y que un calor insoportable la recorría de pies a cabeza. La lengua de aquel hombre, aquella invasión sedosa y caliente, aquella lengua que estaba recorriendo su boca...

Alicia pensó que debía de haberse vuelto loca, que

alguien la había poseído y que su cuerpo estaba actuando por decisión propia.

Dante apartó la cabeza y se dijo que no sabía por qué había hecho lo que acababa de hacer. Mientras se miraba en los inmensos ojos marrones de aquella mujer y se fijaba en sus labios sonrosados y voluminosos, se dio cuenta de que estaba temblando y que se aferraba con fuerza a su camisa.

¿De dónde había salido aquella ninfa? ¿Se había vuelto loco el mundo en una hora?

El guarda de seguridad gritó algo y Dante sintió qu[e] volvía a la cordura. Entonces se dio cuenta de que [te]nía agarrada a la mujer, que no tocaba el suelo, con[tra] su pecho. Tras soltarla sin miramientos, se percató [de] que estaba muy excitado.

El guarda de seguridad se acercó a los periodis[tas,] los agarró con fuerza para echarlos.

—Señor D'Aquanni, esta misma tarde se le ha v[isto] con Alessandra Macchi —dijo uno de ellos—. ¿Q[ué sig]nifica esto? ¿Quién es su nueva amiga? Aunqu[e no] lo diga, no tardaré mucho en averiguarlo...

—Sin comentarios —contestó Dante.

Acto seguido, se dio cuenta de que no po[día permi]tir que aquella mujer se fuera. Aquella desc[onocida era] como una escopeta sin seguro. Debía habl[ar con ella,] averiguar por qué lo acusaba de lo que [la acusaba y,] sobre todo, debía evitar que la prensa s[e enterara,] pues tenía una negociación vital que c[errar la si]guiente semana.

¿Pero qué demonios le había o[currido para actuar] como lo había hecho, que no era pro[pio de él? El in]sulto, lo había puesto muy nervioso.[...]

Dante sabía que su guarda de s[eguridad...]

que invadís mi propiedad y que, si os vuelvo a pillar aquí, pagaréis por ello –sonrió apretándole a Alicia la mano tanto que le hizo daño–. Tenéis suerte de que el amor me haya convertido en un hombre magnánimo.

Y, dicho aquello, el guarda de seguridad se llevó al reportero y a su acompañante. Alicia sintió que las piernas no la sostenían.

Capítulo 2

UNA vez a solas, Dante la soltó.

–Entre ahora mismo –le ordenó.

Alicia abrió la boca para protestar, pero Dante se lo impidió.

–No quiero ni una sola palabra, señorita. Haga el favor de entrar ahora mismo –insistió.

Alicia entró en la mansión, vio una silla y se sentó porque temía desmayarse.

–Levántese –le gritó Dante–. ¿Le he dado acaso yo permiso para que se siente?

Alicia elevó la mirada.

–Por favor...

Dante dio un paso al frente, la tomó del brazo y la obligó a levantarse. Alicia se sintió como una muñeca de trapo.

–¿Cómo se atreve entrar en mi casa con esos canallas? Nada más y nada menos que con un fotógrafo, por Dios...

–Me he atrevido, señor D'Aquanni, porque una persona a la que quiero mucho está en el hospital y necesita ayuda, necesita una ayuda que yo no le puedo dar. Por mucho que me moleste tener que venir hasta aquí y vérmelas con una persona tan inmoral como usted, no me ha quedado más remedio –contestó Alicia con amargura–. Créame cuando le digo que tengo cosas mejores que hacer que ir por ahí entrando a escondidas en casa de los demás cuando se hace de noche. Intenté hablar con usted la semana pasada, pero no quiso escucharme.

–No la escuché porque no me gusta perder el tiempo con una persona que se atreve a acusarme de cosas sin fundamento –contestó Dante mirándola de arriba abajo con desdén.

Alicia intentó calmarse.

–Intenté pedir cita para verlo en su despacho, pero habría sido más fácil conseguir audiencia con el Papa –le explicó.

Dante se rió y, en un abrir y cerrar de ojos, le había arrebatado el bolso y había vaciado su contenido en el suelo.

–¿Cómo se atreve…? –se indignó Alicia.

Pero Dante ya estaba rebuscando entre sus cosas. Su cartera con poco dinero, el billete de avión hasta Milán, su teléfono móvil, la tarjeta de crédito.

–Alicia Parker... –leyó en su carné de conducir.

Alicia asintió. Seguro que reconocía el apellido. Parecía ser que no. Dante avanzó hacia ella y Alicia dio un paso atrás.

–¿Y se puede saber qué demonios pretende presentándose aquí con un billete sólo de ida? ¿Acaso creía que todo le iba a salir bien y que iba a volver a su casa en mi avión privado? ¿Acaso el plan era seducirme y quedarse embarazada de verdad?

Era cierto que Alicia sólo había conseguido billete de ida, pues aquel fin de semana había un partido de fútbol en Milán y había sido imposible conseguir el de vuelta.

–Si era ése su plan, le advierto que no le va a dar re-

sultado porque no me gustan las situaciones dramáti-
cas y no me gustan las cazafortunas.

Alicia lo miró y sintió que la adrenalina se apoderaba de ella.

–Melanie. Se llama Melanie Parker –le espetó–.
¿Le dice algo ese nombre o ni siquiera se acuerda del
apellido de las mujeres con las que se acuesta?

–¿Qué ha dicho? –gritó Dante.

Alicia se dio cuenta de que Dante parecía realmente
confundido.

–Es usted increíble. Así que se acuesta con una mujer y ni siquiera recuerda su nombre...

Dante se acercó a ella, la tomó de los hombros y la
zarandeó, lo que la hizo estar a punto de perder el
equilibrio. Al darse cuenta de lo frágil que era, Dante
se apartó. Alicia se dijo que no debía mostrarse débil.
No era el momento. Tenía que ser fuerte por su hermana.

Dante estaba realmente enfadado. Aquel nombre le
decía algo y, aunque no quería admitirlo hasta que hubiera podido verificar de qué le sonaba exactamente,
tenía claro que aquella mujer había ido hasta allí en
busca de dinero.

–Le advierto que tengo muy poca paciencia, así que
hablemos claramente. ¿Qué quiere?

Alicia elevó el mentón.

–Lo que quiero, señor D'Aquanni, es dinero. Necesito dinero para mi hermana, para que la atienda un
buen médico. Si no me lo da, su hijo puede que no vea
la luz del día –contestó–. ¿Acaso no le importa lo que
le vaya a pasar a su propio hijo?

Dante frunció el ceño.

–¿De qué demonios me está hablando?

Alicia vio que Dante no sabía nada del accidente y se puso a contárselo todo a pesar de que se sentía débil... cada vez más débil...

–Melanie... Melanie tuvo un accidente cuando iba a verlo. Un camión se la llevó por delante y...

De repente, Alicia tuvo la sensación de que todo le daba vueltas, lo vio todo doble y se desmayó.

Cuando recobró la consciencia, estaba sentada en una silla con la cabeza entre las piernas y una mano muy grande en la nuca.

¡Qué vergüenza! ¡Ella nunca se desmayaba! Había pasado por situaciones horribles durante el último año y jamás había perdido los nervios y allí, rodeada de todos los lujos del mundo, se había desmayado.

Alicia vio que junto a los zapatos de Dante D'Aquanni aparecían otro par de pies, murmuró algo e intentó moverse. La presión de la mano cedió, Alicia miró hacia arriba y vio la cara del ama de llaves.

Estaban hablando en italiano entre ellos. De repente, Dante D'Aquanni la levantó sin demasiada ceremonia y se la puso al hombro como un saco de patatas.

–¿Qué demonios hace?

–Cállese. Así, le bajará la sangre a la cabeza –contestó Dante mientras subía las escaleras–. ¿Cuándo ha comido por última vez? ¿Acaso estaba tan consumida con su plan para sacarme el dinero que se le ha olvidado comer?

Alicia apretó los puños.

–¿Sacarle el dinero? ¿Sacarle dinero? –se indignó furiosa–. ¿Tiene idea de lo que le ha hecho a mi hermana?

Y, de repente, con la misma velocidad con la que la

había puesto sobre su hombro, la dejó en el suelo. Alicia sintió que la habitación volvía a darle vueltas, lo que la llevó a llevarse la mano a la frente

Cuando recobró ligeramente el equilibrio, se dio cuenta de que estaba en una gran habitación elegantemente decorada y de que Dante se alejaba de ella.

–Un momento –le dijo corriendo tras él–. ¿Qué va a hacer con lo de mi hermana? No puede ignorarme así.

Dante se giró al llegar a la puerta

–No, evidentemente, no puedo ignorarla. De momento, lo que voy a hacer es encerrarla aquí.

Alicia abrió la boca para protestar y volvió a cerrarla.

–¿Cómo? ¿No irá a encerrarme de verdad?

–Claro que sí.

Y, dicho aquello, Dante D'Aquanni cerró la puerta y Alicia escuchó estupefacta cómo giraba la llave. Al instante, corrió hacia la puerta y, comprobó horrorizada, que, efectivamente, la había encerrado.

–¡Vuelva aquí inmediatamente! ¡No me puede hacer esto! –protestó.

Nada.

Se había ido.

Alicia se dejó caer hasta el suelo. No tenía nada. Ni siquiera tenía el teléfono para pedir ayuda. Aunque lo hubiera tenido, ¿a quién habría llamado? El único familiar que tenía en el mundo estaba inconsciente en un hospital de Inglaterra y no necesitaba a una amiga para que le dijera lo que ya sabía, que se había metido en la casa de uno de los hombres más influyentes del mundo y que, por tanto, aquel hombre tenía todo el derecho del mundo a llamar a la policía, que probablemente sería lo que estaría haciendo en aquellos momentos.

Alicia se dijo que no debería haber ido hasta allí jamás, que su plan había sido una locura y que debería
haberse quedado junto a su hermana. De repente, recordó el artículo sobre Dante D'Aquanni que la había
impulsado a ir a Italia.

En él, una mujer que decía haber sido una de sus
amantes, afirmaba que la única manera de vérselas con
una hombre como Dante D'Aquanni era tomarlo por
sorpresa, dándole donde más le dolía: es su imagen pública.

Según afirmaba aquella mujer, incluso los hombres
de negocios más poderosos no eran inmunes a la opinión pública, a la censura pública. Aquello había sido
lo que había hecho pensar a Alicia que, si la gente se
enteraba de que Dante D'Aquanni le había dado la espalda a una mujer que había quedado embarazada de
él...

En aquel momento, llamaron a la puerta y Alicia se
puso en pie a toda velocidad.

–Lo siento mucho... –se apresuró a disculparse.

Pero no era Dante D'Aquanni sino el ama de llaves,
que llegaba con una bandeja en la que había un cuenco
de pasta y un vaso de agua. Alicia estaba tan sorprendida que no se le ocurrió huir. Lo cierto era que estaba
muerta de hambre.

La mujer le sonrió, dejó la bandeja sobre una mesa
y le indicó que se desvistiera

–No, no... estoy bien, de verdad... –le dijo Alicia
deseando saber italiano.

Pero la mujer no se dio por vencida, la llevó hasta
la cama, la obligó a sentarse y le quitó la camiseta. A
continuación, hizo lo mismo con los pantalones, dejándola en ropa interior.

Después, señaló la bandeja. Junto a la comida, había también algodón y antiséptico. Señaló el rostro de Alicia. Alicia se llevó la mano a la cara y se dio cuenta de que se había cortado. Ni siquiera se había percatado.

El ama de llaves entró en el lujoso baño y salió con un maravilloso albornoz, que dejó sobre la cama. A continuación, recogió la ropa de Alicia y abandonó la estancia. Al hacerlo, Alicia volvió a oír la llave en la cerradura.

Nada había cambiado. Seguía estando prisionera.

Alicia se sentó en el borde de la cama y se dijo que no se iba a comer la pasta, pero olía de maravilla y se encontraba muy débil, así que decidió comer porque necesitaba todas sus fuerzas para vérselas con Dante D'Aquanni.

Aquella noche, mucho más tarde, Dante giró la llave lentamente y abrió la puerta. La habitación estaba en penumbra. Dante se acercó a la cama con las manos metidas en los bolsillos.

Se había convencido de que lo que le había sucedido cuando había besado a aquella mujer había sido como resultado de las circunstancias tan surrealistas en las que se hallaban inmersos, pero ahora, mientras la miraba, sintió que todo su organismo revivía.

Para ser una timadora profesional, había algo curiosamente inocente en ella.

El albornoz que se había puesto le quedaba grande, ya no llevaba el pelo recogido de cualquier manera y Dante se fijó en que las mechas rubias se habían desparramado sobre la almohada. También se percató de que era realmente guapa con la cara lavada.

Parecía ser que se había quedado dormida muy a su pesar, pues tenía los puños apretados, como si estuviera a la defensiva.

Dante deslizó su mirada por las sábanas y se fijó en la pierna que sobresalía, una pierna de pantorrilla perfecta y pie diminuto, como el de una niña.

Alicia respiraba profunda y lentamente. Estaba completamente dormida. Su ama de llaves le había dicho que llevaba muchas horas durmiendo, lo que lo tenía perplejo, pues no encajaba con la imagen de una persona que ha cometido allanamiento de morada y ha acusado a un hombre de ser el padre de un niño al que ni siquiera conoce.

Dante pensó que aquella mujer era tan caradura que lo que había hecho no le quitaba el sueño. Entonces se encontró dando un respingo al escuchar que Alicia murmuraba algo y se movía nerviosa.

Como resultado del movimiento, el albornoz se abrió un poco, dejando expuesto un pecho pequeño y sorprendentemente exuberante. Se trataba de un pecho coronado por un pezón sonrosado, un pecho que parecía una colina turgente.

Al instante, Dante se encontró transpuesto y sorprendido y el deseo volvió apoderarse de él. De repente, sentía la urgente necesidad de darle vida a aquel pezón y de ver el resto de su cuerpo desnudo.

Desde luego, era un deseo completamente inapropiado.

Hacía mucho tiempo que Dante no sentía un deseo así, un deseo tan primitivo, visceral y básico.

Aquella mujer, que al principio no le había parecido

femenina en absoluto, le resultaba ahora de lo más atractiva y Dante no pudo evitar recordar la facilidad con la que la había levantado, lo que había sentido al estrecharla entre sus brazos y al hacer contacto con sus labios.

Aquel pensamiento y el hecho de que su excitación lo estaba llevando a tener una erección hicieron que saliera de la habitación y cerrara la puerta con llave a toda velocidad, como si la mujer que estaba tumbada en la cama al otro lado fuera una bruja que fuera a materializarse ante él de repente.

Cuando llegó al vestíbulo, su guarda de seguridad lo estaba esperando para entregarle una carpeta.

—La información que estaba esperando. Esa mujer es pariente de Melanie Parker, una de sus empleadas de Londres. Alicia Parker es enfermera. En el último año, he encontrado seis enfermeras en activo que responden a A. Parker, desde una que trabaja en una clínica privada en Devon a otra que ha estado con una organización no gubernamental en África. En menos de veinticuatro horas sabremos cuál de ellas es.

Dante agarró la carpeta y la abrió. A pesar de que lo que le estaban contando lo había dejado anonadado, su rostro no lo reflejaba. En menos de veinticuatro horas, sabría mucho más sobre ella.

—Eso es todo de momento —contestó.

Dicho aquello, se fue a su despacho, se sirvió un coñac, se sentó y leyó el informe. Al cabo de un rato, se echó hacia atrás en su butaca y se quedó mirando por la ventana desde la que se veía el lago.

Se alegraba de no haber llamado a la policía.

Aunque no le gustara reconocerlo, lo que había dicho aquella mujer no iba del todo desencaminado. Desafortunadamente, sabía perfectamente quién era Melanie Parker y, si lo que Alicia decía era cierto, si era verdad que su hermana estaba en el hospital embarazada, las cosas se podían poner bastante feas.

Era evidente que las hermanas Parker iban directas a la yugular. ¿Quién más sabría algo sobre aquel asunto? Sólo podía hacer una cosa. Tenía que mantener a Alicia Parker cerca de él hasta haber desentrañado todo aquel lío y haber descubierto la verdad, hasta haber descubierto qué les podía ofrecer para que se olvidaran de todo aquello.

Dante se terminó la copa y sonrió. Era evidente que la noticia de que tenía nueva novia estaría en los periódicos en pocas horas, así que no creía que fuera a resultar demasiado difícil mantenerla junto a él.

De repente, se encontró recordando el pecho que había quedado al descubierto y tuvo que aferrarse al vaso con fuerza. Lo último que necesitaba en aquellos momentos era que su libido reviviera por una desconocida que amenazaba con dar al traste con el equilibrio que tanto le había costado tener en la vida.

Lo que le apetecía hacer era volver a su habitación, agarrarla del pelo, inclinarse sobre ella y apoderarse de su boca, quería volver a besarla y descubrir si la sentiría prieta cuando la penetrara.

Dante no estaba acostumbrado a que su mente se viera inundada por aquellos pensamientos, así que se puso en pie agitado y se paseó por la estancia, se sirvió otra copa y se la tomó de un trago.

Era evidente que las dos hermanas trabajaban en equipo. Aunque el timo que habían ideado no era especialmente sofisticado, era un timo al fin y al cabo. Claro que a Dante no le costaría mucho dar al traste con él.

Lo sacaba de quicio que una persona creyera que podía engañarlo de aquella manera... otra vez.

Había aprendido la lección la primera vez.

No era el momento para verse involucrado en una guerra de posible paternidad de la que se harían eco todos los medios de comunicación. La negociación de la que dependían tantas personas estaba a la vuelta de la esquina y no iba a permitir que aquellas hermanas y su estúpida historia estropeara las cosas, así que se acercó a su mesa, descolgó el teléfono e hizo la primera de unas cuantas llamadas.

Capítulo 3

ALICIA se asomó a la ventana y comprobó que la vista desde allí era realmente espectacular. Era muy pronto, pero ya se había vestido, pues estaba tensa y nerviosa y quería llamar al hospital para ver cómo estaba Melanie.

No se podía creer lo que había sucedido el día anterior y tampoco se podía creer que hubiera dormido casi ocho horas seguidas, pero lo cierto era que había dormido profundamente. En casa de Dante D'Aquanni. Había intentado no dormirse, se había sentado en el suelo con la espalda apoyada en la pared y se había quedado mirando la puerta durante horas, pero, al final, los ojos se le habían cerrado, así que había ido al baño a lavarse la cara, pero al sentir el agua caliente, al quitarse la ropa interior y envolverse en aquel maravilloso albornoz, no había podido impedir que el sueño que hacía semanas la perseguía pudiera con ella.

Menuda hermana mayor estaba hecha. No tendría que haber ido, no tendría que haberse separado de Melanie...

En aquel momento, oyó la llave en la cerradura y dio un respingo, se giró con el corazón latiéndole aceleradamente y vio a Dante D'Aquanni en la puerta.

Aquel hombre era tan guapo que le costaba respirar y le parecía todavía más guapo a la luz del sol. Llevaba unos pantalones negros y una camisa gris. Desde luego, era un hombre con mucho estilo, el perfecto hombre de negocios. Parecía muy molesto.

Al instante, Alicia sintió que la columna vertebral se le tensaba. Como resultado, sintió una punzada de dolor en la zona lumbar. No debería haber hecho tantas cosas últimamente y, desde luego, no debería haber estado corriendo por el jardín escondiéndose entre los arbustos. Y, total, todo eso para terminar como un saco de patatas sobre el hombro de aquel hombre.

Al recordarlo, Alicia sintió que se derretía.

–Señor D'Aquanni...

Dante levantó la mano para que se callara y entró en la habitación. Llevaba el bolso de Alicia y le entregó su teléfono móvil. Alicia se apresuró a mirar la pantalla. Había muchas llamadas perdidas. Todas del hospital.

Pálida como la pared, se apresuró a marcar el número.

Dándole la espalda a Dante, pidió que le pasaran con la enfermera jefe de servicio, con la que mantuvo una breve conversación. Cuando terminó, se giró hacia Dante D'Aquanni, quien se sorprendió al ver que tenía lágrimas en los ojos. No era aquello lo que esperaba y se dijo que aquella mujer era una actriz maravillosa.

–Me han dicho que mi hermana ha recuperado la consciencia y que estaba preguntando por mí, así que me tengo que ir –le dijo.

–Lo sé –contestó Dante de manera cortante.

–¿Cómo que lo sabe? –se sorprendió Alicia.

–Sé muchas cosas, señorita Parker, y sabré muchas más cuando lleguemos a Inglaterra –contestó Dante.

Alicia sintió un inmenso alivio. Así que Dante la

iba a dejar marchar. Por otra parte, había algo contradictorio e incómodo en todo aquello.

–¿Eso quiere decir que admite usted que es el padre de mi sobrino?

Dante negó con la cabeza muy irritado.

–No, está usted muy equivocada. Estoy completamente seguro de que no soy el padre del hijo de su hermana... suponiendo que esté realmente embarazada, claro...

Alicia sintió que un tremendo enfado se apoderaba de ella.

–Por supuesto que está embarazada. Mi hermana no miente. Usted es el padre. Ella misma me lo dijo.

–Pues eso es mentira y esta conversación ya me está aburriendo, así que vámonos –contestó Dante girándose y saliendo de la habitación.

Alicia se apresuró a recoger su bolso y a correr tras él.

–Le digo que mi hermana no miente, señor D'Aquanni.

Dante se paró en seco al llegar a las escaleras y Alicia se chocó contra él. Dante se giró hacia ella y la agarró de los brazos con fuerza.

–¡Ya basta! No quiero seguir escuchando esas tonterías. Nos está esperando un helicóptero para llevarnos al aeropuerto de Milán –anunció soltándola de repente.

–¿Eso quiere decir que me va a llevar? –se sorprendió Alicia.

–Teniendo en cuenta que ha venido usted sin billete de vuelta, que apenas tiene dinero en el bolso para pagarse una comida y que supongo que su tarjeta de crédito estará bajo mínimos, no creo que pueda llegar a Inglaterra con la rapidez que esta situación requiere si no la llevo yo –contestó Dante bajando las escaleras–. Usted y su hermana se han equivocado eligiéndome a mí para estos jueguecitos, señorita Parker. No pienso volver a hablar de ese bebé. No pienso permitir que sus absurdas acusaciones hagan mella en mí, pero lo que sí le aseguro es que no pienso quitarle el ojo de encima hasta que todo esto se haya solucionado. Le aseguro que va a pagar por haber puesto a prueba mi paciencia.

Alicia se quedó helada ante sus palabras y, cuando creyó que la histeria iba a poder con ella, se dijo que, por lo menos, no tendría que preocuparse por cómo iba a volver a casa. Dante D'Aquanni tenía razón. Apenas tenía dinero en la tarjeta de crédito. Ni siquiera había pensado en cómo iba a volver a Inglaterra, pues su único deseo había sido encontrar a Dante D'Aquanni.

Ya lo había hecho y ahora lo seguía escaleras abajo a toda velocidad, como si estuvieran montados en el mismo tren y no hubiera manera de escapar.

Dante miró al otro lado del pasillo de su avión. El rostro de Alicia Parker estaba tenso, al igual que todo su cuerpo. Estaba mirando fijamente por la ventana como si las nubes fueran fascinantes.

A Dante le hubiera gustado levantarla de la butaca y obligarla a pagar por lo que había hecho, haber irrumpido en su vida y haberlo hecho volver a Inglaterra, país que había abandonado casi un año antes.

Sí, debía pagar, pero, ¿cómo?

Alicia no había vuelto a hablar desde que habían salido de su casa, no se había mostrado sorprendida al entrar en el helicóptero que los había llevado al pequeño aeropuerto privado reservado exclusivamente para dignatarios y hombres de negocios. De hecho, en el helicóptero no había tenido ni que explicarle lo que tenía que hacer, pues lo había hecho ella sola automáticamente.

Era evidente que estaba acostumbrada a viajar en helicóptero y aquello de alguna manera no encajaba con la imagen que proyectaba. ¿Desde cuándo una joven ataviada con vaqueros y sudadera sabía comportarse como una mujer acostumbrada a una vida lujosa?

Dante tuvo que admitirse a sí mismo que la primera apariencia que daba aquella mujer no parecía ser la correcta. Al recordar la gran diferencia que se había obrado en ella cuando se había lavado la cara, no quiso ni imaginarse el cambio que daría si se pusiera un vestido bonito que marcara sus maravillosas curvas...

Alicia eligió aquel preciso momento para girarse hacia él y lo sorprendió mirándola intensamente, lo que hizo que se estremeciera de placer y que el corazón le diera un vuelco.

Dante se echó hacia atrás en su butaca y la miró con frialdad. Alicia no pudo apartar la mirada, lo que hizo que se ruborizara.

–Explíqueme por qué está usted tan segura de que soy el padre del hijo de su hermana –le pidió Dante a pesar de que le había dicho que no quería volver a hablar del bebé.

Alicia hizo todo lo que pudo para no perder la calma. No se podía creer que aquel hombre estuviera mostrándose tan obtuso. A lo mejor, tenía tantas amantes que no sabía cuál era cuál. Claro que, por otra parte, parecía demasiado acostumbrado a seleccionar como para tener un comportamiento así, lo que llevó a Alicia a preguntarse de nuevo qué habría visto en su hermana.

–Estoy convencida porque ella misma me lo dijo y

yo la creo. Es mi hermana –contestó–. Es evidente que no está usted yendo a Inglaterra porque sí. Lo hace porque sabe que digo la verdad.

Dante apretó los dientes y se inclinó hacia delante, haciendo que Alicia se echara hacia atrás.

–¿Qué le dijo exactamente?

–Le pregunté quién le había hecho aquello y me dijo que usted, me contó que iba a verlo cuando tuvo el accidente y también me contó que usted le dijo que no quería saber nada de ella. Yo sabía que estaba saliendo con un compañero de trabajo, pero no sabía que fuera usted.

Dante frunció el ceño.

–Según tengo entendido, seguía trabajando para mí. Nada la echó.

–Sí, cuando le he dicho lo de que no quería saber nada de ella me refería al plano personal. Cuando hablamos, estaba muy mal. El accidente que tuvo fue muy grave.

Dante sacudió la cabeza como si de repente comprendiera algo. Claro, ¿cómo no se había dado cuenta antes?

–Supongo que su hermana está al corriente de la fusión y sabe perfectamente lo mal que me vendría en estos momentos un escándalo público –recapacitó en voz alta–. Sé perfectamente lo que se proponen.

Alicia se echó hacia delante con las manos apretadas y los ojos escupiendo llamas.

–Señor D'Aquanni. Mi hermana está en estos momentos pasándolo muy mal y le aseguro que no está tramando nada y, en cuanto a mí, ¿cree que no tengo nada mejor que hacer que recorrer Europa en busca de un millonario seductor y déspota?

–Puede dejar de fingir –contestó Dante con frialdad–. Ya no es necesario.

Alicia lo miró furiosa, se desabrochó el cinturón de seguridad y se puso en pie iracunda para plantarse ante él con los brazos en jarras.

–Es usted increíble. ¿De veras se cree que es intocable y que puede ir por ahí tratando a las personas así? ¿Se cree que puede tratar a los demás como si fueran juguetes con los que se puede jugar un rato y de los que se puede deshacer cuando se ha aburrido? A lo mejor, eso es lo que ha hecho durante toda su vida, pero le aseguro que a partir de ahora...

En aquel momento, hubo una turbulencia en el avión que hizo que Alicia se viera lanzada hacia delante y aterrizara irremediablemente sobre el regazo de Dante D'Aquanni.

Alicia intentó separarse de él, pero se encontró con que la había agarrado. Al instante, percibió su olor fresco, masculino y almizclado.

–Suélteme –le ordenó.

–No –contestó Dante–. Me interesa mucho lo que me estaba diciendo, así que, por favor, siga. Creo que iba usted a decirme cómo iban a ser las cosas a partir de ahora –añadió.

Alicia lo miró los ojos y se arrepintió al instante, pues aquel rostro y aquella boca que estaba tan sólo a unos cuantos milímetros de ella...

–Yo... yo...

¿Por qué tenía que sentirse tan atraída físicamente por él? Aquel hombre era su enemigo, el hombre que había dejado plantada a su hermana y que se negaba a aceptar la paternidad de su hijo. Aquel hombre era lo peor de lo peor.

–La verdad es que no me interesa lo que me vaya a contar, lo que me interesa es esto.

Y, dicho aquello y antes de que a Alicia le diera tiempo de reaccionar, Dante se apoderó de su boca y Alicia se sintió transportada a la tarde anterior. Todas las terminaciones nerviosas de su cuerpo explotaron y se incendiaron. Aquello era una locura, pero el efecto instantáneo que tenía sobre ella era irresistible.

Dante le había deslizado una mano por debajo del suéter y estaba recorriendo su cintura. Al instante, Alicia sintió que sus pechos se endurecían y se revolvió al sentir deseo en estado puro pulsando entre sus piernas. Dante gimió contra su boca y Alicia sintió que el corazón comenzaba a latirle más deprisa mientras la realidad se tornaba una nebulosa imposible de controlar.

Una de las manos de Dante se posó sobre uno de los pechos. Con dolorosa lentitud, su pulgar encontró y comenzó a acariciar el pezón, cubierto por el encaje del sujetador.

«Más fuerte», pensó Alicia mientras dejaba caer la cabeza hacia atrás y cerraba los ojos.

Jamás se había sentido así, jamás había sentido aquel fuego inmediato que había dado al traste con cualquier resistencia. La única vez en la que había estado cerca de sentir aquello había sido...

Sus pensamientos la hicieron dar un respingo y tensarse. La otra mano de Dante estaba buscando su otro pecho y Alicia comprobó horrorizada que se había movido para facilitarle el acceso.

Alicia se aferró al recuerdo doloroso y consiguió apartarse de Dante echándose hacia atrás. Lo hizo con tanta fuerza que aterrizó sobre la alfombra del pasillo.

¿Qué demonios le había pasado?

Alicia se puso en pie con la respiración entrecortada, se llevó el reverso de la mano a la boca y lo miró con los ojos muy abiertos. Cuando se retiró la mano, Dante comprobó que estaba ruborizada, pero no dijo nada.

A Alicia le pareció el hombre más inconmovible del mundo.

—No vuelvas a tocarme. Me das asco —le escupió, tuteándolo.

Y, antes de que pudiera ver la zozobra que la invadía, se giró y corrió al aseo que había en la parte delantera de la cabina, esquivando casi por milagro a la azafata que llegaba con una bandeja de comida y bebida.

Tras un buen rato echándose agua fría en la cara y en las muñecas, Alicia salió del baño. Se preguntó qué tipo de embrujo había utilizado aquel hombre con ella y sintió náuseas al pensar que iba a tener que enfrentarse a su hermana cuando ella tampoco había podido evitar sus encantos.

De repente, deseó que aquel hombre, realmente, no fuera el padre del hijo de Melanie. Iba a ser la tía del hijo de aquel hombre, no debía olvidarlo. Alicia sintió que el estómago le daba un vuelco y temió vomitar.

Tras echar los hombros hacia atrás, entró en la cabina y, para su sorpresa, se la encontró vacía. La azafata se giró hacia ella y Alicia se preguntó qué habría hecho Dante. ¿Se habría tirado en paracaídas para escapar de ella?

—El señor D'Aquanni está en el despacho que hay en la parte trasera del avión atendiendo una llamada de negocios. Me ha dicho que, si necesita usted algo, me llame. Aterrizaremos en menos de una hora, señorita Parker —le informó en tono profesional.

Alicia asintió.

Evidentemente, Dante tenía un despacho en aquel avión. Seguro que estaba tan asqueado como ella por lo que había ocurrido. Alicia se ruborizó al recordarlo. Prácticamente, se había abalanzado sobre él y le había dado pie a que siguiera...

Dante estaba sentado en la parte trasera del avión. La llamada telefónica había durado apenas un par de minutos. Todavía sentía el cuerpo caliente y los pantalones demasiado prietos.

Cuando Alicia había aterrizado en su regazo, había tenido muy claro lo que tenía que hacer: apartarse de ella y decirle que se fuera a su sitio de nuevo, pero sus brazos habían actuado por cuenta propia y su trasero había encontrado el sitio perfecto entre sus piernas, como si se conocieran de otra vida, y se había sentido tan bien con su cuerpo entre las manos que había olvidado lo enfadado que estaba con ella.

Por otra parte, lo que le había dicho no tenía sentido. ¿Cómo se atrevía aquella mujer a asumir cómo había sido su vida? Evidentemente no sabía que Dante se había tenido que abrir paso a codazos y patadas y que por causa de alguna fuerza divina había conseguido mantenerse siempre del lado de la ley, pero por poco. Si no hubiera sido por Stefano Arrigi, que los había sacado de las calles, ¿qué habría sido de él y de su hermano?

Dante maldijo a Alicia por hacerle pensar en aquellas cosas. Por supuesto, sabía que no era culpa suya, pues el pasado estaba ahí y Dante, aunque tampoco hablaba de él, no lo había negado nunca. Sin embargo, había aprendido por las malas que, cuando uno tiene dinero, los demás se olvidan de cómo lo ha conseguido. Aun así, la acusación de Alicia le había dado en un punto flaco y no sabía por qué, pues, al fin y al cabo, era una completa desconocida.

Dante no quería que nadie lo compadeciera. Sobre todo, porque no guardaba buenos recuerdos de lo que había sucedido la única vez que había confiado la verdad a otra persona, una mujer.

Dante se puso en pie. Cuanto antes llegaran a Inglaterra y aclararan aquella farsa, mejor. Y cuanto antes le quedara claro a aquella mujer que no tenía nada que reprocharle, mejor. Dante se prometió a sí mismo que estaría de vuelta en su casa del lago Como aquel mismo día y que ninguna de aquellas mujeres sería una amenaza para él.

Dante volvió a la cabina principal justo cuando el avión estaba aterrizando y Alicia evitó mirarlo. Temblaba por dentro, así que se dedicó a mirar por la ventana cómo iban apareciendo los campos, los edificios, los coches...

De repente, se dio cuenta de que estaban en Oxford.

–¿Cómo sabías dónde venir? No te lo he dicho en ningún momento –comentó.

–Lo sé porque ha sido fácil de averiguar –contestó Dante abotonándose la chaqueta.

Alicia tuvo que hacer un gran esfuerzo para que sus ojos no se fueran directamente hacia sus labios.

–Ah...

–Lo cierto es que nunca me has dicho para qué querías el dinero exactamente ni tampoco la cifra... te has limitado a hacer tu teatro para darme pena y nada más –comentó Dante en tono aburrido.

Alicia sintió que el corazón se le endurecía. Aquel

hombre era un bastardo. Lo odiaba. Le había hecho daño a Melanie y no pensaba perdonarlo.

Alicia intentó mantener la voz calmada mientras le contaba las lesiones que había sufrido su hermana.

–Quiero que la vea el mejor ginecólogo especializado en accidentes del Reino Unido y sólo atiende de manera privada. Aunque tuviera el dinero, ese terapeuta pasa consulta en el centro de Londres, así que nos vamos a tener que mudar allí para que mi hermana pueda ir una vez a la semana ya que no podría aguantar el viaje. La consulta está en Harley Street, así que calcula –contestó en tono picajoso.

Sentía ganas de llorar. Maldición. Si Melanie o el bebé sufrían por culpa de aquel hombre... Alicia se giró desesperada. No le sorprendería que, cuando aterrizaran, la echara del avión, cerrara la puerta y se volviera a Italia.

Dante se quedó mirando a Alicia y se preguntó si todo aquello formaba parte del juego o si estaba realmente disgustada. Por un momento, se le pasó por la cabeza, hacerla bajar del avión en cuanto hubieran aterrizado, cerrar la puerta y volverse a casa, pero sabía que no podía hacerlo porque Melanie Parker era una realidad.

Aquella mujer estaba relacionada con él y le sería muy fácil vender aquella historia y no iba a permitir que algo así sucediera.

Dante recordó la conversación que acababa de mantener con su secretario en Italia. Su hermano pequeño todavía no había aparecido. Si de verdad Melanie Parker estaba embarazada, Paolo D'Aquanni iba a tener que dar muchas respuestas.

Capítulo 4

TU HERMANA lleva varias horas consciente.
Creemos que no va a volver a entrar en coma.
Alicia sintió un profundo alivio.

–Y el bebé?

–Está bien –contestó la enfermera–. Es un milagro que sobreviviera al accidente. A partir de ahora, va a necesitar cuidados constantes para que el embarazo vaya bien. Menos mal que Paolo ha hablado con el doctor Hardy de Londres y ha conseguido que le citara a Melanie para dentro de un par de semanas.

Alicia se tensó y sintió cómo Dante se tensaba también a su lado e intentaba interpretar las palabras que acababa de oír.

–¿De qué me estás hablando? ¿Quién es Paolo?

Su amiga la miró confusa.

–¿Quién va a ser? El novio de Melanie, tonta. Llegó ayer. Lleva toda la noche sentado en una silla a su lado –le explicó guiándola hacia la habitación de su hermana–. Está muy débil, así que no te quedes mucho tiempo, ¿de acuerdo?

Alicia asintió confusa. No entendía nada. Cuando llegó a la habitación de su hermana, tuvo la sensación, justo antes de abrir la puerta, de que todo se iba a liar y, cuando apartó la cortina que separaba a su hermana de sus compañeras de habitación, estuvo a punto de desmayarse por segunda vez en dos días.

–Lissy… –dijo Melanie con voz débil.

Alicia no la miró. Apenas se podía mover. Estaba mirando fijamente a la versión un poco más joven y un poco más baja de Dante D'Aquanni. Debía de estar exhausta y aquello debía de ser una alucinación.

–Lissy, ¿estás bien? –le preguntó Melanie cuando, por fin, se giró hacia ella.

Su hermana todavía estaba muy pálida y la cicatriz que le cruzaba la frente era espantosa, pero sus mejillas estaban ligeramente sonrosadas, lo que alegró a Alicia. En aquel momento, Dante le indicó que se sentara. Alicia así lo hizo. Una vez sentada junto a la cama de su hermana, la tomó de la mano.

–Las enfermeras me han dicho que te habías ido ayer... ¿dónde has estado? –quiso saber Melanie mirando a su hermana y a Dante D'Aquanni, cuya presencia acababa de registrar.

Alicia vio por el rabillo del ojo que el hombre joven se ponía en pie furioso.

–Señor D'Aquanni... ¿qué hace usted aquí? –le preguntó Melanie al acompañante de su hermana.

Dante dio un paso al frente.

–Parece ser que tu hermana cree que soy el padre de ese niño –contestó señalando la tripa abultada bajo las sábanas.

Alicia asintió satisfecha de comprobar que, por fin, Dante admitía que su hermana estaba realmente embarazada.

–¿De dónde te has sacado eso? –le preguntó Melanie.

Alicia sintió deseos de fingir otro desmayo. No se atrevía a mirar a Dante.

–La semana pasada cuando llegué, tenías mucha fiebre. Cuando te pregunté quién te había hecho esto lo único que me dijiste fue «Dante D'Aquanni». Fue el único nombre que mencionaste. Dijiste que ibas a verlo cuando se produjo al accidente y me pediste que lo encontrara.

–¿De verdad?

Alicia sonrió con tristeza.

–Supongo que no te acuerdas.

–Es cierto que cuando tuve el accidente iba a ver al señor D'Aquanni –confesó Melanie mirándolo nerviosa–, pero sólo para pedirle que me devolviera a Paolo...

–Paolo... –repitió Alicia.

–Sí, Paolo D'Aquanni –comentó Dante con frialdad–, el hombre con el que tu hermana estaba teniendo una aventura en el trabajo y que es mi hermano.

–Entonces, el bebé... –comentó Alicia mirando hacia Paolo.

–Sí, Alicia, el padre del bebé es él –dijo Melanie apretándole la mano.

Dante sintió asco ante una imagen tan edulcorada, así que miró a Melanie para distraerse. Al hacerlo, se dio cuenta de lo débil que estaba. Era evidente que era imposible que hubiera fingido el accidente.

Aquellas dos mujeres le recordaban tanto el pasado que quería parar aquella farsa inmediatamente. Aun así, su hermano miraba a Melanie con amor y Dante comprendió que el daño ya estaba hecho. Aquellas

mujeres eran unas arpías que sabían aprovechar las circunstancias. Dante estaba seguro de que el bebé no era
hijo de Paolo, pero su hermano era mucho más ingenuo e incrédulo que él.

«La historia se repite», pensó Dante.

—Paolo, me gustaría hablar contigo a solas un momento —le dijo a su hermano en tono frío y distante.

El joven se sonrojó y tragó saliva, pero siguió a su
hermano mayor fuera de la habitación. Alicia sintió
pena por él. Era evidente que Dante era el jefe de los
dos hermanos y ella, con lo que había hecho, había
dado al traste con cualquier compasión que Dante pudiera sentir por Paolo dadas las circunstancias.

Qué lío.

Alicia decidió disimular para no preocupar a su hermana, así que apartó aquellos pensamientos de su
mente y se levantó para abrazar a Melanie.

Lo único importante era que estaba bien.

—Oh, Mel —le dijo con lágrimas en los ojos—, creía
que te había perdido.

—Claro que no, Lissy —contestó su hermana muy
emocionada también—. ¿Sabes que nos vamos a casar?
Me lo ha pedido y nos vamos a ir a vivir al centro de la
ciudad para que el doctor Hardy…

Alicia miró a su hermana muy seria. No debía hacerse ilusiones.

—Melanie…

—El hombre con el que estaba saliendo era él, Paolo
—insistió Melanie—. Cuando su hermano se enteró, se
enfadó mucho y lo envió a las oficinas de Tokio, pero
seguimos en contacto. Un par de meses después de que
se hubiera ido, me di cuenta de que estaba embarazada. Era tal el disgusto que había tenido porque lo ha-

bían alejado de mí que ni siquiera me había dado cuenta de que había tenido faltas en el periodo –le explicó–. Incluso se me pasó por la cabeza irme yo también a Japón. No me importaba dejar la empresa, yo lo único que quería era estar con él, pero... al final, me di cuenta de que no podía irme porque quiero que mi hijo nazca aquí –añadió mirándose con ternura la tripa–. Le quería pedir al señor D'Aquanni que lo dejara volver.

–¿Y por qué no me contaste nada de esto? –se lamentó Alicia.

Melanie suspiró.

–No pude. Intenté llamarte al campamento, pero no lo conseguí. No quería contártelo por correo electrónico para no preocuparte y, además, un día me escribiste para dcirme que no ibas a tardar mucho en volver. Quería que fuera una sorpresa agradable, quería que Paolo y yo estuviéramos juntos cuando lo conocieras...

–Ay, cariño... –sonrió Alicia apartándole a su hermana un mechón de pelo de la cara.

En aquel momento, volvieron los dos hombres. Dante parecía furibundo. Paolo se acercó de nuevo a Melanie, la volvió a tomar de la mano y miró a su hermano en actitud desafiante. Era evidente que Dante no estaba contento. Así lo reflejaba la expresión de su rostro, frío y distante.

–Te llevo a casa –le dijo a Alicia.

–Pero si acabo de llegar.

–Alicia...

Hubo algo en su tono de voz que hizo que Alicia no protestara. Era como si su voz la hubiere hipnotizado. No quería quedarse a solas con aquel hombre porque, evidentemente, iba a tener que hacer frente a sus recriminaciones. Aun así, no pudo evitar obedecer.

Alicia miró a su hermana y, de repente, Melanie tomó, a pesar de su debilidad, el control de la situación.

—Vete tranquila, Lissy, tienes que descansar. No has parado desde que volviste.

Alicia dudó.

—Ya no tienes que preocuparte por mí, ahora tengo a Paolo —le dijo su hermana al oído.

Así que Alicia se puso en pie y bostezó. Lo cierto era que se sentía muy cansada. También se sentía como si la hubieran metido en una lancha hinchable y la hubieran lanzado al mar. De repente, todo lo que conocía se iba haciendo más y más pequeño y se perdía en la distancia. Para empeorar las cosas, Dante la tomó del brazo. Alicia intentó ignorar el efecto que sentirlo tan cerca le producía.

—Encantada de conocerte —se despidió de Paolo fingiendo una sonrisa.

—Lo mismo digo —contestó el hermano de Dante muy serio.

Y, de repente, se encontró andando al lado de Dante. Hasta que no llegaron a la entrada del hospital, Alicia no encontró fuerzas para librarse de su brazo, que había colocado sobre sus hombros. Habían sucedido muchas cosas y Alicia no podía pensar con claridad, pero lo que sí tenía claro era que se sentía avergonzada y culpable por cómo había actuado.

Miró a Dante. Tantas emociones se habían apoderado de ella en aquel momento que no sabía por dónde empezar. Se sentía como si estuvieran tirando de ella en un millón de direcciones diferentes. Sentía un inmenso alivio y no era solamente porque su hermana estuviera recuperándose.

–Lo siento –dijo por fin.

Dante se quedó mirándola y Alicia tuvo que hacer un gran esfuerzo para no apartar la mirada. Dante parecía un príncipe italiano exótico. Un grupo de enfermeras que pasó a su lado se quedó mirándolo, pero él no parecía darse cuenta.

–¿Lo sientes? –le espetó.

Hubo algo en su proceder que le recordó a Alicia un pasado que hubiera preferido olvidar. En un abrir y cerrar de ojos, volvió a ser una de esas enfermeras y tenía ante sí a un dios. Aunque era irracional, aunque sabía que Dante no era aquella persona, una emoción muy fea se apoderó de ella.

–Sí, lo siento –contestó haciendo un gesto en el aire con la mano como quitando importancia a lo que había sucedido.

Era perfectamente consciente de la acusación que había vertido sobre aquel hombre y se sentía avergonzada por ello. Aun así, se estaba dejando llevar por el pasado y estaba reaccionando de manera poco coherente.

–Creía realmente que eras el padre del hijo de mi hermana. Cuando llegué, me encontré con mi hermana en el hospital, embarazada de cinco meses y abandonada por el padre de la criatura. No tenía ni idea de quién era y el único nombre que mencionó fue el tuyo. Además, necesitaba un tratamiento médico muy caro. Creo que es evidente que la única conclusión lógica a la que se podía llegar en aquellos momentos y dadas las circunstancias era a la que llegué, ¿no te parece?

Dante se quedó mirándola. Desde luego, aquella mujer no tenía precio. Ni siquiera se molestaba en fingir que estaba avergonzada. ¿Por qué lo iba a hacer cuando habían conseguido engañar a uno de los D'Aquanni?

–¿Te das cuenta de que has puesto mi vida patas arriba? –le espetó.

–Lo siento, lo siento, lo siento. De verdad, lo siento mucho, siento mucho haber creído que eras el padre, siento mucho haberte ido a buscar a tu despacho y a tu casa... –se disculpó Alicia cada vez más apesadumbrada–. Simplemente, lo siento, ¿de acuerdo? Prefiero volver a casa en autobús. Así, podrás volver a Italia en tu avión y olvidarte de mí. Olvídate de lo del dinero. Melanie y yo ya nos cuidaremos solas.

«Que es lo que llevamos haciendo toda la vida».

Dante tuvo que hacer un gran esfuerzo para no poner los ojos en blanco. Ahora se estaba yendo al otro extremo y le estaba resultando exagerada.

Alicia estaba muy confusa por todo lo que había pasado. Estaba acostumbrada a pensar en Melanie y en ella como en una unidad. Debía asumir que ahora había en sus vidas otra persona, Paolo, que quería ayudarlas.

Quería estar sola, quería que Dante la dejara en paz, necesitaba tiempo, tenía las emociones a flor de piel y quería irse porque aquel hombre era... demasiado.

Así que se giró y comenzó a alejarse con lágrimas en los ojos. Dios. Hacía años que no lloraba a pesar de lo que había visto en África y ahora se ponía a llorar cada dos minutos y se desmayaba como la heroína de una película mala.

Sintió una mano en el brazo que la giró con fuerza. Lo único que veía era una silueta enorme y oscura. No podía hablar. De repente, se encontró entre unos brazos muy fuertes que la consolaban con tanta eficacia que hubiera creído estar en el paraíso.

Y entonces dio rienda suelta a las lágrimas y lloró durante una eternidad.

Por sí misma.

Por Melanie.

Y por haber acusado a aquel hombre equivocada-
mente, por no haber sido capaz de pedirle perdón sinceramente porque lo que aquel hombre le hacía sentir
le daba miedo.

Y siguió llorando hasta que se le secaron los ojos y
le dolió la garganta.

Dante se había dejado llevar por el impulso. A pesar
de que sabía que aquellas lágrimas eran parte de la
farsa, no había podido evitar consolarla. Cuando la había visto girarse para marcharse, algo dentro de él le
había gritado que no la dejara marchar.

Era la primera vez que sostenía entre sus brazos a
una mujer que lloraba.

Lo que sentía era deseo físico.

Sólo eso.

No había nada que entender ni que racionalizar, era
simple y llanamente deseo. Había algo en aquella mujer que lo atraía a nivel básico. Dante era consciente de
que debía agotar aquella vena le costara lo que le costara, así que decidió argüir un plan.

Sí, un plan que calmaría a Paolo, que se estaba
comportando como un estúpido al insistir en casarse
con Melanie, y que le permitiría vigilar a Alicia y a su
hermana. Y, de paso, conseguiría acostarse con ella y
saciar su hambre...

Alicia había dejado, por fin, de temblar incontrolable-
mente. Dante notó que tomaba aire profundamente porque sintió que sus pechos se apretaban contra su torso. Al
instante, sintió que la entrepierna se le endurecía.

Sí, definitivamente, había tomado la decisión adecuada. A continuación, la apartó lentamente y la miró con la esperanza de que se hubiera convertido en una bruja, como en los dibujos animados, pero no fue así.

Seguía siendo tan exquisita, seguía teniendo unos ojos inmensos que ahora brillaban, seguía teniendo una boca que resultaba toda una invitación y las nuevas huellas de las lágrimas hacían que Dante quisiera inclinarse sobre ella y borrárselas a besos.

De repente, se dio cuenta de que, en aquellos momentos, estaba actuando exactamente igual que su pobre hermano. Tenían que apartarse inmediatamente. Se estaba metiendo en arenas movedizas y aquello no le gustaba.

Aquella mujer y su hermana eran actrices y manipuladoras consumadas. No podía permitir que unas cuantas lágrimas de cocodrilo lo engañaran.

–Vamos a tu casa –anunció apartándola de él.

A continuación, realizó una llamada desde su teléfono móvil y, al cabo de pocos segundos, llegó el coche negro que los había llevado hasta allí desde el aeropuerto. Al ver que el rostro de Dante volvía a adquirir aquella máscara de indiferencia y distancia, Alicia sintió un escalofrío, pues debían de haber sido imaginaciones suyas, pero le había parecido más humano durante un rato.

–Para que lo sepas, sigo sin creerme que Paolo sea el padre del hijo que espera tu hermana, así que no te dejes confundir por su promesa de casarse con ella.

Alicia apretó las mandíbulas y no contestó.

«No es humano, es frío y cruel», pensó mientras entraba en el coche.

Capítulo 5

LO HAS visto?
–Lo estoy viendo ahora mismo.

Dante estaba muy serio. En una mano tenía el teléfono móvil y en la otra el tabloide. Todavía no había tocado el desayuno que le habían servido en el hotel inglés en el que se había alojado aquella noche.

–¿Y bien? ¿Te importaría decirme de qué va todo esto? –tuvo la audacia de preguntarle su secretario, que lo conocía desde hacía muchos años.

–La verdad es que no me apetece hablar de ello, Alex –contestó Dante.

La verdad era que ni él mismo sabía qué demonios había sucedido.

– Mira, Dante, hay una foto en portada en la que se te ve besando a una desconocida en la puerta de tu casa. De manera muy apasionada, por cierto –suspiró Alex–. La reunión para la fusión es dentro de unos días y los americanos han dejado muy claro que no quieren publicidad innecesaria. Ya sabes cómo es Buchanen y que nunca le ha gustado que seas un playboy...

–Ya lo sé, Alex –le espetó Dante–. En cualquier caso, te saco ventaja. La mujer se llama Alicia Parker y acudirá conmigo a la reunión en calidad de mi... –buscó la palabra adecuada–... invitada.

–Ah... –contestó Alex sin molestarse en preguntarle

de dónde había salido la nueva invitada–. ¿Y ella lo sabe?

–Todavía no, pero no creo que haya problema –contestó Dante dando por finalizada la conversación.

Aquel fotógrafo, al que le habían confiscado la cámara pero que de alguna manera se las había ingeniado para salir de allí con una fotografía, había hecho exactamente lo que Dante quería.

Tras despedirse de Alex, realizó otra llamada.

–¿Paolo? Me gustaría que nos viéramos en mi hotel, por favor.

Al despertarse, Alicia tuvo una sensación extraña. Se sentía curiosamente descansada. Durante un segundo, se sintió completamente desorientada y, entonces, se dio cuenta de que estaba en su habitación de siempre, en la casa que había compartido con Melanie antes de irse a África.

Sí, claro, Dante D'Aquanni la había dejado allí la tarde anterior, la había acompañado hasta la puerta y se habían despedido educadamente.

Alicia se puso en pie y pensó en su hermana. Aunque Paolo había prometido poner su sueldo a disposición de Melanie y del bebé, Alicia era consciente de que iba a tener que trabajar mucho para que pudieran mudarse al centro de Londres y pagar el tratamiento del doctor Hardy.

Porque su hermana iba a ir a tratarse con aquel médico. Su hermana se merecía lo mejor. Su hermana lo era todo en el mundo para ella. Siempre había sido así, desde que su madre las había dejado en la puerta del orfelinato cuando ella tenía cuatro años y Melanie, dos y medio.

Alicia recordaba perfectamente a su madre, enferma, estresada y preocupada, recordaba perfectamente haberse quedado mirándola estoicamente hasta perderla de vista, recordaba que su progenitora no se había girado ni una sola vez.

No la había vuelto a ver desde entonces.

Alicia apartó aquellos pensamientos de su mente porque no tenía tiempo para recuerdos tristes y llamó al hospital para hablar con Melanie, que le aseguró que se encontraba mejor. Efectivamente, a Alicia le pareció que estaba más fuerte y distraída... era evidente que Paolo estaba con ella.

Alicia colgó el teléfono con el ceño fruncido. No sabía si podía fiarse de Paolo, aunque parecía realmente auténtico, y desde luego no parecía ser tan retorcido como su hermano...

Alicia se dijo que no tendría que haber estado fuera tanto tiempo. Si hubiera estado en Inglaterra, lo habría conocido mucho antes.

Bueno, pero, por fin, había vuelto y eso era lo único que importaba.

Se estaba recogiendo el pelo para ducharse cuando llamaron a la puerta. Por alguna extraña razón, sintió que le daba un vuelco el corazón. Rápidamente, miró lo que llevaba puesto. El pantalón del pijama y una sudadera, suficientemente presentable para atender al cartero o a algún vecino.

Pero, cuando abrió la puerta, se encontró con Dante D'Aquanni, el hombre que ella hacía en Italia, en su palaciega e idílica mansión, encantado de haberla perdido de vista.

Por supuesto, estaba guapísimo.

–Tú...

–Sí, yo –contestó el aludido mirándola de arriba abajo.

–¿Qué haces aquí? ¿Por qué no te has ido?

–¿No me vas a invitar a pasar?

No tenía opción, así que Alicia se echó a un lado para dejarlo entrar y sintió que le temblaban las piernas. Cuando cerró la puerta y se giró, vio que Dante miraba a su alrededor, que se fijaba en los muebles, en las fotografías de su hermana y de ella y en los libros que había en las estanterías.

Cuando sus ojos se encontraron, Dante vio y reconoció algo en los de Alicia, reconoció aquella mirada que él mismo había tenido años atrás y que decía «aunque no tengamos mucho, es nuestro». Al instante, sintió una inmediata empatía que lo sorprendió y que se apresuró a disimular.

Y también tuvo que disimular el deseo que se había apoderado de él, aquel deseo que lo urgía a acercarse y a tocarla, a acariciarle la mejilla y mucho más.

Alicia intentó mantener la calma, no quería enfadarse y presentía que no le sería difícil porque, evidentemente, Dante había ido con la intención de reiterarle que Melanie y ella no iban a conseguir nada de él. También le debía de interesar asegurarse de que no iba a ir con la historia a los periódicos y, de paso, tal vez, le diría que mantuviera a su hermana alejada de Paolo.

Alicia decidió en aquel mismo instante que, si Dante le decía aquello último, lucharía con uñas y dientes. Estaba dispuesta a aceptar que Dante no les diera dinero, pero no iba a permitir que separara a Melanie y a Paolo. Su hermana necesitaba más que nunca el apoyo de su pareja.

En aquel momento, se dio cuenta de que Dante la estaba mirando de manera burlona.

–¿No tienes ropa mejor? –le preguntó.

Dolida y sorprendida porque, normalmente, no le importaba su apariencia, Alicia sonrió con fingida dulzura.

–¿Es que no sabes que está de moda ir desaliñada e informal? Es el estilo más elegante de estos momentos. Todas las modelos van así –le espetó–. En cualquier caso, en los campamentos de refugiados de África nos importa un bledo la moda, ¿sabes? Además, dado que no nos movemos en los mismos círculos, no te preocupes porque no vas a tener que soportar mi falta de estilo. Supongo que no habrás venido hasta aquí para hablar de cómo visto, así que...

–¿Has trabajado en África?

–Sí, todo el último año –contestó Alicia.

Dante la miró como si no terminara de creérselo y, a continuación y para su sorpresa, se quitó la chaqueta y se sentó en el sofá.

–En realidad, Alicia lo que me ha traído hasta tu casa sí tiene que ver con tu estilo a la hora de vestir –comentó poniéndose cómodo–. ¿Qué tengo que hacer para que me ofrezcas una taza de café?

Alicia se llevó la taza de café a los labios mientras secreta y perversamente esperaba que Dante estuviera sentado justo encima del muelle que siempre sobresalía. De ser así, no se notaba porque estaba perfectamente sentado mientras se tomaba su café. Tras darle un par de tragos, lo dejó sobre la mesa, apoyó los brazos en las rodillas y se echó hacia delante.

–He venido a hacerte una propuesta –anunció.

Alicia palideció y, al instante, se dio cuenta de que

no se refería a lo que ella había creído de manera automática. Dante también se dio cuenta de lo que había entendido y la miró divertido.

—No, ni lo sueñes, no me refería a ese tipo de propuesta. Nunca he pensado en casarme.

Alicia se sintió mortificada. Evidentemente, Dante creía que ella había pensado en aquel tipo de propuesta.

Y era cierto.

—Creo que lo mejor será que me digas por qué has venido porque tengo cosas que hacer –le dijo dejando su taza sobre la mesa, echándose hacia atrás y cruzándose de brazos.

—Lo que he venido a proponerte es en beneficio mutuo.

—Te escucho –contestó Alicia con la intención de que Dante desembuchara cuanto antes para que se fuera rápido y poder olvidarse de él.

De repente, se le ocurrió que, si Melanie y Paolo se casaban y tenían a su hijo, el tío Dante iría de visita y formaría parte de sus vidas para siempre.

¡Horror!

—Durante las próximas tres semanas tengo una serie de reuniones de mucho nivel. La primera semana tendrá lugar en mi casa del lago Como. Durante ese tiempo, los asistentes, todos personas de clase social muy alta, estarán al abrigo de los medios de comunicación, se les mimará, se les dará de cenar y de beber y habrá fiestas entre las negociaciones.

Alicia lo miró sorprendida, pues no entendía nada.

—Un socio irlandés y yo nos vamos a fusionar con una de las constructoras más grandes de Estados Unidos, así que, dentro de poco, seré el presidente de uno de los conglomerados de construcción más grandes del mundo.

—Creía que tu empresa ya era una de las más grandes del mundo... —comentó Alicia.

—Sí, pero siempre se puede mejorar —comentó Dante.

—Querrás decir que siempre se puede ser más ambicioso —murmuró Alicia.

Dante ignoró su comentario.

—La constructora de Estados Unidos es de un hombre que se apellida Buchanen. Nos ha costado mucho convencerlo. La verdad es que han sido años de arduas negociaciones para llegar hasta donde estamos ahora y sólo nos queda firmar. Después de estas tres semanas todo habrá terminado.

Dicho aquello, Dante sintió que la satisfacción se apoderaba de él. Aquello sería la guinda del pastel, por fin podría demostrar que se podía llegar a lo más alto habiendo partido de la nada y no estaba dispuesto a permitir que algo le estropeara aquel momento. Sobre todo, cuando tantas personas dependían de él.

Dante deslizó el brazo sobre el respaldo del sofá. Al hacerlo, la camisa se le pegó al pecho y Alicia no pudo evitar fijarse en sus músculos fuertes y torneados. Dante también se dio cuenta y la miró divertido, haciéndola enrojecer.

—¿Y? supongo que habrá algo más.

Dante se quedó mirándola y sintió que se le endurecía la entrepierna.

—A pesar de que nos ha costado mucho convencerlo, Buchanen es el único inversor que queremos. Controla sólo una de las compañías más grandes de Estados Unidos, pero tienes los mejores contactos con

Europa, lo que nos ayudará aquí también. Sin embargo, es un hombre muy prudente. Entre sus planes está presentarse al senado de Estados Unidos. Ésa ha sido una de las cosas que lo ha llevado a aceptar la fusión. Así, tendrá más tiempo para dedicarse a la política. Claro que, por otra parte, es muy puntilloso con su reputación.

Alicia estaba cada vez más confundida.

—¿Y qué tiene todo eso que ver conmigo?

Dante no contestó, se limitó a meterse la mano en el bolsillo de la chaqueta y a sacar un periódico doblado. Alicia lo reconoció inmediatamente y sintió que el corazón le daba un vuelco. Aquello sólo podía querer decir una cosa. Dante lo colocó sobre la mesa.

¿Quién es la misteriosa mujer que le da vida a Dante?, leía el titular.

A pesar de que aquello era exactamente lo que había querido, verlo así le resultó de lo más incómodo.

—Oh, Dios mío —se lamentó.

—Lo mismo digo. Supongo que el fotógrafo llevaba una cámara digital más pequeña y mi guarda de seguridad no se dio cuenta y le confiscó solamente la grande.

Alicia se dijo que no podía pedirle perdón por enésima vez, así que se puso en pie muy nerviosa. Había seguido a aquel hombre para acusarlo de un delito que no había cometido y las cosas iban de mal en peor.

—No sé qué decir —comentó sinceramente mientras recordaba aquel beso y sentía que se derretía por dentro.

Dante la miró muy serio y Alicia tuvo la sensación de que no le iba gustar lo que le iba a decir.

—Podrías contestar que sí cuando te pida que vuelvas conmigo hoy mismo al lago Como para ser mi invitada durante la duración de las reuniones de las que te he hablado.

–¿Cómo? –contestó Alicia.

–He dicho que...

–Te he oído perfectamente –lo interrumpió Alicia volviéndose a sentar–. ¿Por qué demonios quieres que sea tu invitada durante las reuniones?

Dante miró el periódico.

–Porque, gracias a tu actuación, ahora todo el mundo cree que somos pareja –le explicó con desdén–. Siempre me ha dado igual lo que dijeran los medios de comunicación sobre mí, pero, desgraciadamente, en estos momentos, no me puedo permitir ningún escándalo. Buchanen proviene de un entorno muy conservador, es un hombre de familia y ya ha comentado en más de una ocasión que yo soy el único de todos los que participamos en la fusión que no tiene esposa e hijos. Para despejar sus miedos, hemos animado a todos los que participan en las negociaciones a que lleven a sus familias durante las dos últimas semanas si así lo desean. Buchanen se mueve con pies de plomo, así que hay que tener mucho cuidado. Todos los medios de comunicación estarán pendientes de esta fusión y de nosotros. La presencia de esposas e hijos ayudará a tranquilizarlo. Si se echa atrás, habremos perdido millones y nadie querrá acercarse a nosotros, así que, ahora que todo el mundo cree que somos pareja, vas a tener que acompañarme, actuar como la perfecta invitada y tranquilizar a Buchanen para que no se crea que se va a asociar con un playboy.

A Alicia no le pasó por alto que en lugar de pedírselo se lo estaba ordenando, pero estaba tan sorprendida que ni siquiera se enfadó ante su arrogancia.

–¿Y no será peor? No soy tu esposa.

–No –contestó Dante–. Nunca he involucrado a una mujer en mis negocios, así que, al hacerlo ahora, la prensa y Buchanen creerán que la relación va en serio. Si no me volvieran a ver contigo, los medios de comunicación se abalanzarían sobre mí y la idea que Buchanen se haría no me convendría en absoluto.

Alicia se retorció los dedos. Había palidecido y Dante no estaba muy seguro de que le estuviera gustando su respuesta.

–¿Y la mujer del otro día? Me refiero a la mujer que mencionaron los periodistas...

Dante frunció el ceño y, de repente, su rostro reflejó una expresión de desprecio.

–Ya no forma parte de mi vida.

Alicia se estremeció ante aquella contestación.

–No puedo –contestó–. Me tengo que quedar al cuidado de mi hermana. Ya viste ayer lo débil que está y, además tengo que buscar un trabajo para pagar sus consultas. Si no lo hago...

Alicia parecía realmente preocupada y, durante unos segundos, Dante se compadeció de ella. Hacía ya muchos años que no tenía que preocuparse por llegar a fin de mes, pero sabía la ansiedad que aquello producía.

–Tu hermana tiene a Paolo. Paolo se va a quedar con ella –le aseguró poniéndose en pie.

–¿Cómo?

–He hablado con mi hermano. Se van a mudar a mi casa, que está a la vuelta de la esquina de Harley Street. Paolo va a volver a trabajar en las oficinas de Londres. Así, estará a cinco minutos de Melanie y ella estará al lado de su doctor. Además, contarán con los servicios de una mujer de la limpieza para que no tengan que hacer nada y he contratado a una enfermera durante un mes para que vaya todos los días a curarla.

–Yo soy enfermera. Yo soy la persona que mejor puede cuidar de ella –protestó Alicia.

–Pero tú tienes que trabajar, tal y como acabas de decir. ¿Cómo lo harías para trabajar y cuidar de tu hermana a la vez? La enfermera que he contratado tiene muy buenas referencias y está especializada en obstetricia y ginecología.

Alicia comprendió que ya estaba todo organizado.

–Y supongo que mi hermana podrá disfrutar de todo eso si accedo a acompañarte hoy mismo a Italia y a jugar a la familia feliz durante la conferencia.

Dante se encogió de hombros.

–Me estás chantajeando, me estás castigando y estás castigando a mi hermana también.

–La única culpable de esa portada eres tú –le espetó Dante–, pero deberías saber sacarle provecho. Gracias a ella, tu hermana tendrá el tratamiento médico que necesita, una casa lujosa y alguien que la cuide. ¿Es eso un castigo? ¿Serías capaz de negarle todo eso?

–Claro que no –contestó Alicia al borde del llanto.

¿Cómo iba a soportar estar más del tiempo estrictamente necesario junto a aquel hombre?

–Creo que no hace falta que nos prestes tu casa. Ahora que Paolo ha aparecido, va a ayudar a mi hermana, así que encontraremos otra casa y con su sueldo y el mío...

–¡Dios! –le espetó Dante furioso ante tanto teatro–. ¿Has echado cuentas? ¿Sabes cuánto cuesta vivir en el centro de Londres durante cuatro meses? ¿Sabes cuánto cuesta ese médico?

Alicia negó con la cabeza. Le daba vergüenza admitir que todavía no se había atrevido a preguntarlo porque sabía que la cifra iba a ser astronómica.

Dante se sacó un papel del bolsillo y se lo entregó. Alicia palideció al ver la cifra. Era mucho peor de lo que esperaba.

—Eso es lo que cuesta la consulta básica durante un mes, pero no incluye ningún servicio extra y, por supuesto, no incluye futuras operaciones ni alojamiento ni comida ni nada. Tener un hijo resulta caro, pero, si la parturienta necesita constantes cuidados, es mucho peor.

Alicia se dejó caer en el sofá y Dante se sentó también.

—El ingenuo de Paolo se cree que es el padre del bebé de Melanie y quiere jugar a las familias felices...

Alicia sintió como si le hubieran dado un puñetazo en la boca del estómago.

—Puedes creer lo que quieras, pero algún día tendrás que reconocer que te habías equivocado.

—A las mujeres se os da muy bien manipular a los hombres. Te voy a decir lo que pasó. Es cierto que tu hermana y mi hermano estaban liados, pero Paolo se fue. Entonces, ella se lió con otro tipo, se quedó embarazada y vio la oportunidad perfecta.

Alicia abrió la boca para protestar, pero Dante levantó la mano para interrumpirla.

—Estoy dispuesto a perdonarlos.

«A cambio de ti».

—He hablado con mi hermano y está de acuerdo en esperar a que el bebé nazca para hacerse las pruebas de paternidad antes de casarse. Hasta entonces, consideraremos que están prometidos, compartirán casa y tendrán oportunidad de ver qué tal les va en la convivencia. Todo el mundo sale ganando.

Alicia no se dejó engañar por su tono conciliador. Sentía náuseas, pero también cierto alivio, pues era cierto que su hermana y Paolo eran muy jóvenes y no parecían preparados en muchos aspectos de la vida. De repente, Alicia tuvo la certeza de que tanto Dante como ella habían mantenido a sus hermanos entre algodones y les habían ocultado las verdades del mundo.

De pronto, se le ocurrió una cosa.

–¿Por qué no mencionaste en ningún momento a tu hermano? Sabías perfectamente que habían salido juntos.

Dante volvió a ponerse en pie y comenzó pasearse por el salón.

–Porque, cuando llegaste gritando y acusándome, me di cuenta de que Melanie estaba intentando atraparme. No mencionaste a Paolo ni una sola vez. Evidentemente, tu hermana se dio cuenta de que podría sacarme mucho más a mí que a Paolo, pero, de repente, apareció mi hermano sumiso como un cachorro y dispuesto a aceptar su responsabilidad.

–Supongo que volvería porque mi hermana le dijo que estaba embarazada y decidió estar a su lado –contestó Alicia apesadumbrada–. Es increíble lo retorcido que puedes llegar a ser.

–No soy retorcido ni incrédulo sino simplemente realista. No quiero que la portada de ese tabloide se nos vaya de las manos. No quiero que os aprovechéis. La situación todavía se puede salvar. No quiero que los medios de comunicación se fijen en mí, no me interesa que me vigilen. Ahora que Paolo ha vuelto, estoy dispuesto a olvidar todo esto... de momento.

–Muy amable por tu parte.

Alicia lo miró desafiante y Dante recordó que la había visto durmiendo con los puños apretados.

–¿Y si no vuelvo a Italia contigo?

–¿De verdad lo quieres saber? Paolo cree que todo esto lo controla él, pero van a estar viviendo en mi casa y el dinero que se va utilizar para pagar el tratamiento y la recuperación de Melanie va a ser mío. Por lo visto, mi hermano se ha olvidado de todo eso. No hace falta que te diga que, en cualquier momento, esa casa y ese dinero podrían dejar de estar a su disposición.

–¿Serías capaz de hacer eso para vengarte de Melanie y de mí?

Dante apretó los dientes.

–No te pongas así, Alicia. Le estoy ofreciendo todo lo que puedo a tu hermana, incluido el poder vivir con Paolo. Tú lo único que tienes que hacer es venirte a Italia conmigo y ser mi invitada...

«Y mi amante».

Dante sabía perfectamente que no iba a poder reprimirse, que, si Alicia accedía a irse con él a Italia, no iba a poder mantener las manos quietas. A lo mejor, Alicia no se había dado cuenta todavía, pero la atracción entre ellos era mutua.

–Claro –comentó Alicia enfadada–. Mientras yo esté contigo, tendrás vigilada a mi hermana para que no te robe la plata de la familia.

Dante sonrió.

«Exactamente. Ninguna de las dos podréis hacer nada sin que yo me entere», pensó.

–Querida, mi familia no tenía plata. Lo que hay en mis casas me lo he ganado yo con el sudor de mi frente.

Aquellas palabras hicieron que Alicia lo mirara confusa. ¿Qué querría decir? ¿Qué más daba? Le importaba un bledo lo que quisiera decir.

Dante agarró su chaqueta, se la puso con elegancia y avanzó hacia la puerta.

—Me tengo que pasar por mi oficina de Londres para encargarme de un par de asuntos. Vendré a buscarte esta tarde a última hora. Nos vamos a Milán esta noche para estar en el lago Como mañana. Ten el equipaje preparado –le indicó–. Bueno, la verdad es que es mejor que no hagas ningún equipaje. Ya compraremos la ropa que necesites.

Alicia abrió la boca indignada, pero Dante no la dejó hablar.

—Vendré a buscarte a las siete. Te advierto que no voy a llamar al timbre. Te esperaré durante cinco minutos. Tú verás si te quieres arriesgar o no a declinar mi invitación.

Y, dicho aquello y sin mirar atrás, abrió la puerta y la cerró tras él.

Capítulo 6

AQUELLA tarde, exactamente a las siete, Alicia tenía una mano en el pomo de la puerta y de la otra colgaba una pequeña bolsa de viaje.

Oía el motor del coche que la esperaba fuera. También oía el reloj. Los segundos y los minutos iban pasando y la desesperación se iba apoderando de ella a pasos agigantados.

Le hubiera gustado poder parar el tiempo, soltar la bolsa, meterse en la cama y olvidarse del mundo y de Dante D'Aquanni, pero se había pasado por el hospital y había visto a Melanie y a Paolo, muy enamorados, encantados de estar juntos, con muchos planes, felices ante la idea de irse a vivir al centro de la ciudad.

Por primera vez en su vida, su hermana no la necesitaba, así que su suerte estaba echada. Había llegado el momento. No podía permitir que su hermana tuviera que vérselas con Dante, así que tomó aire y abrió la puerta.

La estaba esperando el coche que ya conocía. Una de las puertas traseras se abrió desde dentro. El conductor se bajó y Alicia vio una figura sentada en el asiento de atrás.

Aunque se estremeció, se obligó a andar.

Dante había hecho un gran esfuerzo para no salir del coche. Habían pasado cinco minutos. Cuando ya casi creía que Alicia no iba a ir con él y enfurecido ante la idea de que una mujer lo estuviera haciendo sentirse así, como si estuviera caminando sobre un alambre, le había dicho al conductor que acelerara, pero, justo en ese momento, la puerta se había abierto.

–Has tomado la decisión correcta –le dijo a Alicia cuando se sentó junto a él.

–No he tenido otra opción –contestó ella.

El conductor cerró la puerta, dejándolos a solas en la oscuridad. Dante se obligó a relajarse, a apartar la mirada de ella y a concentrarse en el paisaje que veía por la ventana mientras el coche avanzaba.

–¿Cómo van a ser las cosas exactamente? –preguntó Alicia mientras el avión sobrevolaba Inglaterra.

–Esta noche vamos a dormir en Milán –contestó Dante–. Tienes cita en una boutique por la mañana. No vamos a tener mucho tiempo para comprarte todo lo que vas a necesitar. Los invitados van a empezar a llegar en tres días.

Alicia lo miró orgullosa.

–Sabes perfectamente que no puedo permitirme el lujo de comprarme un vestuario nuevo. Te pido que la ropa que elijas sea normal. De lo contrario, tardaré una eternidad en devolverte el dinero.

–No te preocupes por el dinero.

–¿Cómo no me voy a preocupar? Es un gasto innecesario.

–No, no lo es –contestó Dante mirándola con deseo.

Alicia sintió que se derretía.

–Al ser mi pareja, se supone que tienes que mantener un cierto estatus.

Alicia se acordó de la mujer con la que lo había visto en las escaleras del hotel. Aquélla sí que era una mujer en todos los sentidos. No quería ni imaginarse los vestidos que se suponía que se iba a tener que poner.

—Una amiga mía va a cuidar de ti —comentó Dante—. Tiene ochenta años, para que lo sepas —añadió al ver que Alicia había creído que sería una de sus amantes.

—¿Y qué quieres que piense con la fama que tienes? —le espetó confirmando sus sospechas—. Además, todo el mundo va a creer que soy tu última adquisición, así que no me vengas ahora queriendo hacerte el noble.

—Después de lo que hiciste, ¿qué ibas a esperar? —contestó Dante, a quien se le ocurrían otras formas de hacerle callar la boca.

Alicia decidió no discutir y, desde luego, no iba a volver a cometer el error de ponerse en pie en el avión.

—Te recuerdo que fuiste tú quien me besó.

—¿Y qué querías que hiciera? ¿Querías que te dejara decir a voz en grito que era el padre del bebé de tu hermana, que estaba en un hospital en Inglaterra cuando yo no sabía nada de eso? Tenía que hacerte callar de alguna manera.

Alicia se echó hacia atrás en su asiento y, de pronto, sintió que se desinflaba. De alguna manera, saber que Dante la había besado con premeditación le había dolido. También la había besado el día anterior, pero la había mirado con frialdad a continuación, como si estuviera realizando un experimento, como si su mundo, a diferencia del de Alicia, no hubiera estallado en llamas.

Alicia se despertó de un sueño muy profundo y sintió terror al comprobar que estaba apretada contra un cuerpo muy fuerte. Estaba oscuro y no sabía dónde estaba. Todo aquello la llevó a comenzar a intentar moverse.

—Déjame en el suelo —gritó.

—Tranquila. Tranquilízate, por favor. Te estoy llevando en brazos porque no te has despertado al aterrizar.

Inmediatamente, Alicia dejó de luchar y, al instante, lo comprendió todo. Estaba en brazos de Dante, cruzando el pequeño aeropuerto privado de Milán, ya no estaba trabajando en el equipo de ayuda.

De repente, algo que hacía mucho tiempo que no sentía, se apoderó de ella.

Se sentía a salvo.

Alicia miró a Dante, que la miraba impertérrito, y tuvo que hacer un gran esfuerzo para no relajarse contra su cuerpo, así que se mantuvo rígida hasta que llegaron a un coche y la metió dentro.

—Estaba soñando... no sabía dónde estaba —le explicó.

—Estamos en Milán. Bienvenida a Italia de nuevo —sonrió Dante.

Alicia tuvo entonces el presentimiento de que, en lugar de estar a salvo, estaba en la situación más peligrosa en la que se había encontrado en su vida.

Media hora después, el coche aparcó frente a un precioso edificio. Alicia todavía se encontraba ligeramente desorientada y dejó que Dante la guiara hasta un pequeño y antiguo palacio. Una vez en el interior, la condujo hasta una habitación cuya puerta cerró tras darle las buenas noches.

A oscuras, se desvistió, se metió bajo las sábanas y

se entregó al sueño, que era lo que más necesitaba en aquellos momentos.

Se despertó a la mañana siguiente cuando alguien llamó suavemente a la puerta. A continuación, entró una chica joven y guapa ataviada con vaqueros y una camiseta informal.

—Buenos días... —la saludó.

—Buenos días —repitió Alicia somnolienta mientras la chica corría las cortinas.

Hecho aquello, se giró y sonrió. A continuación, le habló en un inglés bastante básico. Era evidente que había preparado lo que le tenía que decir.

—El señor D' Aquanni me pidió que la despertara y le dijera que estaba en el comedor desayunando.

—Gracias —sonrió Alicia.

La chica se fue y cerró la puerta. Alicia no recordaba la última vez que se había despertado con la mente tan clara y sintiéndose tan descansada y nueva. Claro que también se encontraba sorprendida y confundida por todo lo que había sucedido.

Con sólo recordar lo que había sentido cuando se había despertado la noche anterior para encontrarse en brazos de Dante la hizo decidir que no debía ser cobarde y que debía ir directamente a meterse en la boca del león.

Poco tiempo después, encontró el comedor, una pieza encantadora y luminosa en la que había una gran mesa de madera sobre la que lucía un espectacular florero lleno de orquídeas. Al otro extremo, estaba Dante D'Aquanni, tomándose un café y leyendo el periódico.

—¿Has dormido bien? —le preguntó.

Alicia sintió la tensión que había siempre entre ellos, aquella sensación de carga eléctrica.

—Como un bebé —contestó.

Cuando se sentó, la joven que la había despertado le puso delante un zumo de naranja, café recién hecho, cruasanes y fruta. Hacía tanto tiempo que no comía que Alicia sintió que les sonaban las tripas, lo que la hizo sonrojarse. Cuando levantó la mirada, comprobó que Dante le estaba sonriendo a la joven, que le estaba sirviendo más café. Aquella sonrisa la hizo tener la sensación de que la habitación daba vueltas.

—Alicia, te presento a Patrizia, la hija de Rosa, mi ama de llaves. Va a pasar el verano trabajando aquí para que su madre pueda descansar.

—Hola, Patrizia —la saludó Alicia.

La chica se sonrojó, se rió y se fue. Alicia suspiró. Era evidente que le gustaba Dante. ¿Cómo no le iba a gustar? Alicia decidió distraerse con la comida. Era la primera vez en días que tenía apetito. Aquello le hizo pensar en la pasta que le habían preparado en la casa del lago, en cómo la había tratado el ama de llaves de allí, en cómo la había cuidado.

—Nos vamos dentro de una hora —anunció Dante dejando el periódico sobre la mesa—. Recuerda que hoy tienes día de compras.

—¿Tú también vienes? —se sorprendió Alicia.

—Sí, tengo cosas que hacer en la oficina, así que te dejaré en la tienda y luego pasaré a buscarte.

—Ah —contestó Alicia aliviada.

—Ir de compras siempre me ha aburrido mucho, así que no te preocupes, no me pienso pasar horas sentado en una butaca mientras tú te pruebas modelitos. Aunque tienes un cuerpo delicioso, esas cosas no son para mí.

Dicho aquello, de repente, Dante tuvo una fantasía en la que Alicia aparecía desnuda envuelta en un trozo de seda y se dio cuenta de que no había otra cosa en el mundo que le apeteciera más que ir de compras con ella. Para no perder la compostura, se terminó el café y se apresuró a ponerse en pie.

—Nos vemos en el vestíbulo.

Alicia se quedó a solas y con la boca abierta. ¿Su cuerpo le parecía delicioso? Al instante, recordó las manos de Dante sobre sus pechos y sintió que los pezones se le ponían muy duros. Para calmarse, le dio un trago al café, pero estaba tan caliente que se abrasó la lengua.

Capítulo 7

VUELVO a recogerte en un par de horas y te advierto que no quiero volver a verte vestida con esas cosas sin forma que llevas.

En aquel momento, el conductor le abrió la puerta y Alicia miró a Dante de manera asesina, pero no se le ocurrió nada que decir.

–Ciao... –se despidió Dante.

Alicia se dio el gusto de darle con la puerta en las narices, lo que dejó al conductor muy sorprendido.

Las dos horas pasaron a toda velocidad. Alicia no tenía ni idea de que se pudiera pasar tanto tiempo en una sola tienda. La mujer que la había recibido era la dueña y diseñadora y se trataba de una mujer alta de pelo plateado impecablemente vestida.

–Usted debe de ser Alicia. Dante la describió perfectamente. Soy la señora Pasquale –le había dicho al abrirle la puerta.

Alicia se había sonrojado por enésima vez en aquella mañana mientras la mujer y sus ayudantes la habían desnudado por completo.

–Es usted diminuta. No sé qué vamos a hacer –comentaba la señora Pasquale una y otra vez.

Cuando oyó que llamaban al timbre de manera autoritaria, Alicia supo que era él. Al instante, se cubrió el cuerpo, dándose cuenta de la estupidez, pues era evidente que Dante no la iba a ver. Al oír el murmullo de su voz y la risa de la señora Pasquale, Alicia tuvo una sensación un tanto incómoda y, cuando uno de las ayudantes volvió ruborizada, decidió que aquello había que bautizarlo como el efecto Dante.

–Le dejo aquí ropa informal. Podrá apañarse con ella hasta que lo que ha encargado llegue a casa del señor D' Aquanni en un par de días.

A lo que se refería la chica era a una pila muy bien doblada de ropa y a una bolsa de fin de semana de cuero también llena de ropa. Alicia descubrió que lo que le había entregado para ponerse era una camisola de seda en color caramelo, una falda beis y ropa interior a juego. Completaban el conjunto unas sandalias de tacón bajo muy italianas, muy sencillas y muy elegantes.

Aunque odiaba gastar tanto dinero y toda aquella extravagancia, lo cierto fue que, cuando sintió la seda sobre su piel, no pudo evitar cerrar los ojos de gusto. Cuánto tiempo hacía que no se permitía nada así.

Alicia salió del probador con la chaqueta que iba a conjunto de la falda colgada del brazo y la bolsa de viaje en la otra mano. Dante estaba sentado tomándose una taza de café y hablando con la diseñadora. Cuando la vio, tuvo que disimular para no quedarse con la boca abierta.

El conjunto que Alicia llevaba no era especialmente sexy, pero, de repente, la diseñadora y sus ayudantes habían desaparecido y sólo existían ellos dos. Nunca había visto a una mujer tan maravillosa. Su cuerpo era la proporción personificada y tenía una piel suave y ligeramente bronceada.

Por primera vez en su vida, se encontró sin palabras.

Alicia elevó el mentón. Si no paraba de mirarla así, como si fuera una extraterrestre recién aterrizada en el planeta Tierra, se iba a poner a gritar. Menos mal que la señora Pasquale intervino.

–Ese conjunto le queda perfecto, querida. En cuanto todo lo demás esté listo, se lo haré llegar por avión.

¿Por avión? Alicia miró a Dante confusa. Una vez en el coche, estalló.

–¿De verdad crees que es necesario que me mande la ropa por avión? De verdad, esto es el colmo de...

–Alicia –la interrumpió Dante con autoridad–, me lo puedo permitir y...

–Pues yo, no –contestó Alicia.

–No me vengas ahora con tonterías tipo la capa de ozono y esas cosas porque no me interesan. A los demás les puedes hacer creer que te dejaste el corazón en África, pero a mí no me engañas.

Alicia ahogó una exclamación.

–Lo dices como si estuviera fingiendo. Si no te preocupa fletar un avión para que me traigan ropa, adelante. Si después de hacer algo así, puedes dormir con la conciencia tranquila, mejor para ti, pero a mí me parece asqueroso.

Dante la miró furioso. Sus palabras le quemaban, pero no le iba a dar la satisfacción de contarle la verdad. Le encantaba verla indignada.

–Pues, entonces, supongo que también te va a parecer asqueroso lo que va a suceder ahora porque va a venir un helicóptero a buscarnos para llevarnos al lago Como. Claro que, si mal no recuerdo, no te dio ningún asco tener un avión a tu disposición para volver a Inglaterra cuando lo necesitaste.

Alicia giró la cabeza y se puso a mirar por la ventana. Estaba muy tensa. Se sentía increíblemente expuesta con aquella blusa de seda. La ropa interior que llevaba también era de seda y, cada vez que se movía, le recordaba al hombre que estaba sentado a su lado.

Si hubiera sabido que sus acciones la iban a llevar a tener que volver a Italia para hacerse pasar por la novia de Dante D'Aquanni, habría elegido formar parte de un harén de un jeque del desierto. Total, lo que acababa de vivir en la tienda de la diseñadora había sido como que la lavaran y la mandaran a su tienda.

Aunque Dante se moría por sentarla encima de él, en su regazo, debía mostrarse frío como el acero y, además, acababa de recordar una cosa. La primera vez que Alicia había montado en helicóptero con él, le había parecido que estaba acostumbrada a hacerlo. Ahora comprendía que era porque debía de haber trabajado con ellos en África.

Aquello le hizo sentir algo incómodo que lo mantuvo en silencio, al igual que Alicia, durante el resto del trayecto.

La misma ama de llaves de la otra vez recibió a Alicia y la llevó hasta su habitación. No era la misma en la que la había encerrado Dante, pero Alicia intentó aferrarse a aquella sensación de ultraje. No le resultó nada fácil. Dante la había sorprendido enseñándole un despacho y diciéndole que era suyo y que podía utilizarlo siempre que quisiera para llamar a su hermana.

A continuación, le había presentado a Julieta, el ama de llaves, le había dicho que cenaban a las cinco y que se sintiera como en su propia casa. Desde luego, estaba actuando de manera muy diferente a la última vez.

Alicia se acercó a la ventana desde la que se veía el lago. El agua refulgía bajo los rayos del sol y Alicia sintió que tanta belleza la dejaba sin aliento. Después, exploró la habitación y encontró el baño adjunto y una puerta. Creyendo que sería el vestidor, la abrió y se encontró en otra habitación. La habitación de Dante. Lo supo al instante porque era enorme, estaba dominada por una impresionante cama y amueblada de manera muy masculina.

En aquel momento, se abrió la puerta y Alicia se quedó en el sitio, transpuesta al verlo entrar. Dante se estaba quitando la corbata y desabrochándose el primer botón de la camisa. Al verla, se paró en seco, la miró de arriba abajo, se fijó en su cuerpo, se fijó en que se había quitado la chaqueta también y en que llevaba los hombros al descubierto, se fijó en sus delicadas pantorrillas y en sus piececillos descalzos.

—Creía que era un vestidor...

—Si quieres usar esta habitación para vestirte y desvestirte, por mí, no hay problema —sonrió Dante.

—Me has entendido perfectamente —le espetó Alicia girándose—. ¿Es absolutamente imprescindible que nuestras habitaciones estén comunicadas?

Dante asintió y avanzó hacia ella, que dio un paso atrás.

—Los invitados esperan, de hecho, que compartamos habitación, así que tú me dirás...

—Pero...

—Pero cuando vayamos a Sudáfrica compartiremos habitación quieras o no —la interrumpió Dante.

—Un momento —se escandalizó Alicia—. ¿Sudáfrica? ¿Desde cuándo vamos a ir a Sudáfrica?

Dante se percató de que Alicia había palidecido y frunció el ceño.

—Te dije que la primera semana de las negociaciones

era aquí. Las otras dos semanas tendrán lugar en Sudáfrica porque una parte importante del proyecto es la construcción de un enorme estadio deportivo a las afueras de Ciudad del Cabo. Ese proyecto es el centro de la fusión. Miles de compañías han competido para que les adjudicaran la obra. Si la fusión sale bien, nos los adjudicarán a nosotros.

–No me habías dicho nada de eso –se lamentó Alicia.

Se sentía mal y quería sentarse.

–¿Qué te pasa? –le preguntó Dante.

–Nada –contestó Alicia intentando sonreír–. Simplemente, no había contado con volver tan pronto...

Seguro que no pasaba nada. Al fin y al cabo, no iban a ir al mismo lugar. De hecho, estarían en el otro extremo del continente.

–Nos vemos a las cinco –anunció obligándose a andar hacia la puerta.

Una vez a solas en su habitación, cerró la puerta y se apoyó en ella con la respiración entrecortada. Jamás hubiera imaginado que la idea de volver a África la afectaría tanto.

No lo había pasado ni mejor ni peor que los demás trabajadores, pero recordaba el miedo y el dolor se apoderó inmediatamente de su zona lumbar. Claro que podría haber sido mucho peor. Después de que sucediera lo que había sucedido, había conseguido ser fuerte y quedarse en su puesto de trabajo, pero cuando él había llegado había tenido que volver a casa y eso la hacía sentirse culpable, no se sentía a gusto sabiendo que había dejado que un hombre influyera en sus acciones otra vez.

Alicia se sentó en la cama. Tenía frío. No quería pensar en él, pero se parecía demasiado a Dante y no pudo evitarlo.

Raúl Carro, el doctor Raúl Carro, el hombre que le había robado el corazón, que lo había visto latir en la palma de su mano y lo había hecho pedazos tranquilamente.

De aquello hacía casi dos años, dos años desde que el joven médico español la había cautivado durante su estancia en Inglaterra y ahora estaba muy cerca de un hombre muy parecido a él, demasiado guapo y poderoso, un mago mediterráneo.

Alicia era consciente de que aquella situación no se parecía en absoluto a la que había vivido con Raúl, que se había empeñado en seducirla y no había parado hasta que lo había conseguido. Estaba segura de que el contacto físico que Dante había iniciado hasta el momento estaba completamente calculado y que no lo había hecho más que para ponerla nerviosa.

Entonces, ¿por qué se sentía como si estuviera al borde de un precipicio? ¿Por qué tenía miedo de volver a caer?

Un rato después, mientras se duchaba, se dio cuenta de que Dante había dicho que iban a compartir habitación en Sudáfrica. Aquello la llevó a apoyar la frente sobre los azulejos mientas el agua corría por su cuerpo. Al instante, el deseo se apoderó de ella, pero Alicia se dijo que debía ser fuerte, que no debía permitir que nadie volviera a utilizarla.

Debía protegerse.

Claro que era imposible que un hombre como Dante D'Aquanni se sintiera realmente atraído por ella. Era evidente que simplemente estaba jugando.

Capítulo 8

AQUELLA noche, Alicia intentó comerse la sopa de champiñón, pero estaba distraída y no podía parar de subirse el tirante de la blusa. Se había cambiado de ropa porque le parecía que la falda y la camisola que llevaba antes revelaban demasiado, pero lo que llevaba ahora era peor.

Dante se encontraba irritado y de mal humor. Se había pasado toda la tarde castigándose a sí mismo por haberle insistido a Alicia para que lo acompañara a Italia. Aunque todas las razones que se había dado eran sólidas y válidas, lo cierto era que el deseo había sido lo que lo había llevado a insistir tanto.

Alicia lo miró y volvió a subirse la manga, pero la tela volvió a resbalar por su hombro, así que suspiró y se rindió. En aquel momento, oyó que Dante exclamaba algo y levantó la mirada.

—¿Qué pasa? —le preguntó.

—Deja ya la camisa en paz —contestó Dante apretando los dientes.

Alicia lo miró confusa. En aquel momento, la manga de seda dorada volvió a deslizarse sobre su piel.

—La prenda es así, debe caer y dejar los hombros al descubierto —comentó Dante en tono torturado.

—Ya lo sé, pero no quiero parecer una buscona medio desnuda mientras cenamos. Estaría mucho más a gusto con mi ropa...

–No, esa ropa es horrible, deberíamos quemarla –contestó Dante.

Alicia puso los ojos en blanco.

–Me refería a mi ropa de verdad. Me perdieron la maleta al volver de África. Por eso, tenía tan poca ropa y tan grande. Era de Melanie, que es bastante más alta que yo. Aunque te cueste creerlo, no soy tan vulgar, Dante.

–Es la primera vez que dices mi nombre –contestó Dante.

–¿Cómo?

–Es la primera vez que me llamas por mi nombre de pila.

Era verdad y lo había hecho de manera fácil y natural, sin pensarlo. Incluso con cierta familiaridad.

Alicia se encogió de hombros y se concentró en la sopa.

–Supongo que es porque tengo que ir acostumbrándome. No creo que quieras que te llame señor D'Aquanni delante de los demás.

–Claro –contestó Dante mirándola intensamente, fijándose en la sensual curva de su hombro.

Ninguno de los dos volvió a hablar hasta que llegó Julieta con el segundo plato.

–Vamos a la terraza. Julieta nos servirá el café allí.

Alicia obedeció mientras pensaba en lo increíble que era la vida. Hacía tan sólo un par de días se había desmayado delante de aquel hombre en el vestíbulo de su casa y ahora estaba vestida de seda y lino, saliendo a la terraza con él para tomar un café después de cenar.

–Es increíble, ¿verdad? –le preguntó Dante al ver que Alicia observaba el lago.

Alicia miró al hombre que tenía junto a ella y sintió que le faltaba el aire.

–Sí –contestó refiriéndose a ambos, al lago y a él.

Dante la miró y Alicia se ruborizó avergonzada, pues la había sorprendido mirándolo, así que se apresuró a girarse y a elegir una butaca para sentarse. Se sentía expuesta con aquella ropa, pero lo cierto era que también se sentía sensual. Dante no dejaba de mirarla, sentía sus ojos sobre ella.

Cuando Julieta les llevó el café, Alicia se relajó un poco, pero, cuando Dante se acercó para aceptar la taza que el ama de llaves le tendía, la miró de manera extraña y Alicia se volvió a poner nerviosa, lo que la llevó a dar un trago apresurado al café. Al instante, sintió un penoso dolor en el mismo lugar en el que se había quemado aquella mañana.

–¿Qué te ocurre? –le preguntó Dante corriendo a su lado.

–Nada, sólo que esta mañana me he quemado y ahora me ha dolido al beber –le explicó Alicia–. Estoy bien, de verdad.

Aprovechando que Julieta se había ido, Dante se colocó en cuclillas a su lado, le colocó una mano sobre la rodilla y la miró. Alicia sintió que el dolor desaparecía al instante. La estaba mirando de manera peligrosa, su mano le estaba quemando a través de la ropa.

«Oh, no, por favor...».

Dante se puso en pie y tiró de ella para que hiciera lo mismo. Sus cuerpos estaban muy cerca. A continuación, le agarró la cabeza, la mandíbula. Alicia no podía respirar.

–¿Qué haces? Estoy bien.

–Sólo estoy mirando –contestó Dante–. Abre la boca.

Alicia obedeció aunque se sentía estúpida.

–Saca la lengua.

Volvió a obedecer aunque se sentía todavía más estúpida.

Al ver aquella lengua pequeña y rosada, Dante creyó que enloquecía y, sin pensar en lo que hacía, dejó que la yema de su dedo pulgar resbalara sobre el labio inferior de Alicia, que se apresuró a retirar la lengua. Dante se percató de que su ritmo respiratorio había cambiado y se había acelerado.

–Dante... De verdad, soy enfermera. No es nada.

–Yo no diría eso –contestó Dante.

Era evidente que no se refería a la quemadura Y, en un abrir y cerrar de ojos, se inclinó sobre ella y sus labios encontraron. En cuanto sus bocas se tocaron, Alicia pensó que era inevitable y sintió una fuerza que la aterrorizó.

Ahora estaba claro. Dante la encontraba atractiva. La tenía rodeada con un brazo y la apretaba contra él mientras con la otra mano la había tomado de la nuca para besarla mejor. Alicia tenía que descansar las manos en algún sitio y lo hizo en su cintura. Sintió que sus pechos entraban en contacto con el torso de Dante y le pareció que florecía con las caricias de aquel hombre. Sus lenguas se tocaron, se reconocieron y bailaron.

Dante se apartó, le dio un pequeño mordisco en el labio inferior y volvió a besarla hasta dejarla sin aliento.

Cuando el beso terminó, a Alicia le costó levantar la mirada. Se sentía drogada, incapaz de moverse, de pensar. Apenas podía abrir los ojos.

Entonces sintió una brisa fría que la despertó y que la hizo apartarse. Dante la dejó ir. Alicia tenía muy claro que no debía olvidar, así que se irguió y, a pesar de que lo que más le apetecía en el mundo era apretarse contra él y rogarle que volviera a besarla, no lo hizo.

–No sé qué ha pasado...

–Si quieres lo repetimos para que te quede claro –la interrumpió Dante.

Alicia dio un paso atrás y se volvió a sentar.

–Esto no se va a volver a repetir. El hecho de que haya tenido que volver contigo a Italia por circunstancias que los dos conocemos no quiere decir que quiera tener una relación sexual contigo. No me interesas lo más mínimo, ¿me oyes? No pienso permitir que me utilices.

Dante se quedó mirando a la mujer que tenía frente a sí. Estaba excitado y tenía muy claro que, algún día, conseguiría acostarse con Alicia Parker. Iba a pasar casi un mes con él, así que había tiempo de sobra. No aguantaría más de una semana con la atracción que había entre ellos, así que ignoró el deseo que lo embargaba en aquellos momentos y sonrió civilizadamente.

–Por favor, perdóname. Lo único que quiero es que te sientas a gusto, que seas una invitada feliz mientras estés en mi casa.

Alicia lo miró con cautela. ¿Una invitada feliz? Difícil. Más bien, prisionera en una jaula de oro. Aquel hombre tramaba algo.

–Me voy a la cama –anunció para esconder el deseo que la emborrachaba.

Dante asintió y le dijo adiós con la mano. A continuación, la observó mientras se iba. Una vez a solas, la expresión de su rostro cambió por completo, tornándose en una expresión tan intensa y siniestra que, de haberla visto Alicia, habría salido corriendo.

Capítulo 9

DURANTE los siguientes dos días, la mansión se transformó y pasó de ser un lugar de calma y tranquilidad a convertirse en un hervidero de actividad de varios servicios de catering. Llegaron más empleados, jardineros y guardias de seguridad y todos se pusieron a trabajar para la llegada de los invitados.

Alicia se paseaba agradecía de que Dante estuviera la mayor parte del tiempo encerrado en su despacho.

Aquella mañana unos empleados llevaron un impresionante ramo de flores azules al comedor y le preguntaron con la mirada a Alicia si debían dejarlos sobre la mesa. Era evidente que la tomaban por la señora de la casa. En aquel momento, alguien les dio instrucciones en italiano desde atrás. Alicia se giró y comprobó que era Dante, al que veía por primera vez ataviado con vaqueros y camisa.

Tras despedirse de los operarios y una vez a solas con ella, la tomó de la mano. Alicia sintió que el calor invadía su brazo y lo siguió sintiendo su enorme mano alrededor de la suya. Aquel gesto tan familiar iba a dar al traste con sus barreras.

Alicia se dijo que aquello debía servirle para ir acostumbrándose a que la tocara y no se notara nada cuando estuvieran delante de los demás.

–Este comedor es la estancia más antigua de la casa –le explicó Dante.

–No había entrado hasta hoy –contestó Alicia.

–Esos paneles llevan ahí desde mediados del siglo XVI. Son de cristal veneciano –añadió Dante señalando el techo.

–Vaya... –se maravilló Alicia–. Tienes suerte de haber crecido con tanto dinero y gusto a tu alrededor.

Dante le soltó la mano de repente y se apartó, lo que hizo que Alicia se sintiera incómoda. ¿Qué había dicho?

–Veo que no dejas de hacer referencias a mi procedencia –le dijo Dante mirándola con severidad–. Evidentemente, no te has molestado en investigar sobre mí antes de venir a buscarme.

–Lo siento, no sé a qué te refieres.

–Esta casa no era de mi familia –le explicó Dante mirando a su alrededor–. La compré hace tres años. Todas las casas que tengo son adquisiciones recientes. Yo no nací en una familia de dinero ni de clase social alta. Me crié en las calles de Nápoles, un lugar en el que hay que luchar para hacerse un hueco. Ése era mi hogar, así que, por favor, no asumas que sabes cómo fue mi infancia porque no tuvo nada que ver con lugares como éste.

Alicia se mordió la lengua y tragó saliva.

–Lo siento, Dante, no tenía ni idea.

–Claro, eres como los demás, sólo te fijas en el dinero que tengo ahora y te da igual de dónde haya salido, ¿verdad?

–No digas eso. No es justo. Es verdad que no me importa cómo hayas hecho dinero, pero te aseguro que no habría venido a buscarte si no te hubiera necesitado, si no hubieras sido mi única opción.

El dolor que Dante estaba viendo en los ojos de Alicia le estaba dando claustrofobia.

–Me tengo que ir a trabajar –anunció dejándola a solas–. Por cierto, tu ropa llegará mañana y dentro de media hora vendrá un conductor a buscarte para llevarte a Bellagio. Tienes cita en un salón de belleza esta tarde.

Y, dicho aquello, desapareció, dejando a Alicia con la ridícula sensación de que era realmente insultante que Dante creyera que necesitaba pasar una tarde entera en un salón de belleza.

Dante se fue directamente fuera y tomó aire varias veces. Maldición. ¿Qué demonios le había ocurrido? Tenía los puños apretados e irradiaba tensión. ¿Por qué no había seguido hasta el final? ¿Por qué no le había contado lo difícil que había sido vivir en la calle?

¿Qué le estaba ocurriendo? ¿Alicia apenas llevaba dos días en su casa y ya quería contarle todo de sí mismo? ¿Por qué le había molestado tanto que ella no supiera de dónde procedía? Le daba igual lo que la gente pensara de él. De hecho, se sentía orgulloso de sus raíces y no las escondía.

Las personas que sabían de dónde procedía lo respetaban y lo miraban con orgullo aunque también tenía su lado negativo, pues ciertas mujeres de clase social alta lo miraban con deseo, buscando sin duda a la fiera indómita que suponían habitaba en él, lo que le daba un terrible asco.

Y Alicia... Alicia no era mejor que aquellas mujeres. Era exactamente igual, pero más peligrosa porque, de alguna manera, se le estaba metiendo bajo la piel. Hacía mucho tiempo que no le sucedía algo así. Hacía tanto tiempo que recordaba exactamente cuándo había sido la última vez.

En aquella ocasión, había recibido la mayor lección de su vida, que no había sido aprender a sobrevivir entre las bandas de Nápoles ni proteger a su hermano pequeño, ni siquiera hacerse multimillonario y tener casas en todos los continentes.

La mayor lección que había recibido en su vida se la había dado una mujer y no estaba dispuesto a cometer el mismo error dos veces.

Dante volvió a entrar en su casa diciéndose que podía controlar aquella situación y a Alicia. ¿De verdad tenía miedo de que aquella diminuta mujer pudiera dejarlo como un imbécil? Aquella mujer sólo servía para calentarle la cama, lo que, se prometió Dante a sí mismo, ocurriría en breve.

Alicia volvió del salón de belleza sintiéndose maravillosamente. Para su sorpresa, había disfrutado de lo lindo. Le habían dado un masaje facial y corporal, le habían hecho la pedicura y la manicura y le habían cortado las puntas porque al estilista le habían encantado sus rizos y su color de pelo y había preferido no tocarlo más.

Julieta recibió a Alicia en la puerta con una sonrisa y le entregó una nota. Alicia la aceptó y se dirigió a su habitación, donde la abrió y la leyó.

He tenido que ir a Milán para hacerme cargo de

unos imprevistos de última hora. No podré volver hasta poco antes de la bienvenida de mañana por la noche. Mi ayudante, Alex, llegará por la mañana para hacerse cargo de recibir a los invitados. Lo único que tienes que hacer es estar preparada a las siete. Pasaré a recogerte por tu habitación. Por favor, vístete de manera apropiada para cenar. Dante.

Aquellas frases cortas y tajantes devolvieron a Alicia a la realidad y la hicieron sentirse como si fuera propiedad de Dante en aquella casa. Y pensar que incluso volvía del salón de belleza tan contenta, preguntándose si se daría cuenta de lo que le habían hecho y si le gustaría...

Alicia arrugó la nota y la tiró a la papelera, se miró al espejo y se dijo que albergar esperanzas con Dante D'Aquanni era ir directamente hacia la catástrofe. Sobre todo, después de sus incendiarios besos. No debía olvidarse de Raúl Carro... aunque lo cierto era que cada vez le costaba más recordar su rostro.

No debía olvidar que Dante era el mismo perro aunque con diferente collar, no debía olvidar que un hombre así no dudaría en deshacerse de ella después de haberla utilizado. De hecho, ya lo estaba haciendo.

Alicia se retiró del espejo, apartó a Dante de su mente y bajó al despacho a llamar a casa. No le había explicado a su hermana la verdad de su situación, se había limitado a dejar que Melanie tuviera la idea de que le estaba haciendo un favor acompañando a Dante. Su hermana no debía de haber visto la foto del periódico o habría decidido no hacer preguntas.

Tras pasar una hora hablando con Melanie, que estaba encantada porque le daban el alta al día siguiente,

Alicia colgó el teléfono. Aunque odiaba el poder que Dante tenía sobre la salud de su hermana, en aquellos momentos, le entraron ganas de llorar de emoción.

A las siete del día siguiente, Alicia estaba muy nerviosa. Había oído llegar el helicóptero de Dante hacía un rato. Había estado llegando gente durante todo el día y los empleados corrían de un lado para otro. Ella se había mantenido en un discreto segundo plano por miedo a que alguien le preguntara qué hacía allí.

Al oír que llamaban a la puerta, dio un respingo. Las paredes eran tan gruesas que no había oído ruido en la habitación de Dante. Alicia tomó aire y se apartó del espejo. Había hecho todo lo que había podido para estar presentable.

–Adelante.

Nerviosísima, observó cómo se abría la puerta.

Dante apareció y sintió una curiosa sensación en el pecho. No sabía qué era y no podía deshacerse de ella. Los últimos rayos de sol que entraban por la ventana bañaban a Alicia en una luz angelical.

Al instante, se le ocurrieron palabras vulgares como preciosa y espectacular, pero no le hacían justicia. Llevaba un vestido rojo rubí de seda sin tirantes y por la rodilla que tenía una abertura en un lateral. La tela se ajustaba perfectamente a sus curvas femeninas. Simplemente, era una pieza de arte lo suficientemente provocadora como para que a Dante le entraran deseos de recorrer la distancia que lo separaba de ella, desnudarla y tomarla sobre la cama que había al lado.

Cuando la luz del sol se desvió, Dante se dijo que no era para tanto, que Alicia Parker cambiaba mucho arreglada, pero nada más, así que avanzó controlando sus sentimientos y sus deseos.

–Espero que este vestido esté bien –comentó Alicia torpemente–. No sabía qué ponerme.

–Sí, está bien –contestó Dante en tono cortante–. ¿Qué te has hecho en el pelo?

–¿Me lo quito? He intentado peinarme como me enseñó ayer el peluquero.

–No, está bien –contestó Dante.

El peinado le quedaba de maravilla. Se trataba de un moño bajo y lateral que quedaba de lo más sexy y moderno.

–Me gusta –añadió poniéndole la mano en el hombro–. Vamos. No quiero llegar tarde.

Alicia agarró un chal y lo siguió como pudo porque no estaba acostumbrada a llevar tacones tan altos. Cuando llegó junto a Dante, que la esperaba al inicio de las escaleras, la tomó de la mano y se la besó. Alicia sintió que aquel gesto tan íntimo la ruborizaba.

–¡Ah, D' Aquanni, estás ahí! –resonó una potente voz desde el vestíbulo.

Fue entonces cuando Alicia se dio cuenta de que estaban a la vista de todo el mundo. Lo que Dante acababa de hacer era parte del teatro. Se sintió como una estúpida. Durante un momento había creído que de verdad...

Al instante, recuperada la compostura, entrelazó sus dedos con los de Dante como diciéndole «yo también sé actuar» y sonrió.

Acto seguido, comenzaron a bajar las escaleras para que Dante le presentara al hombre de la voz estruendosa.

Capítulo 10

ALICIA le dio un trago al champán e intentó que no se le notara la sonrisa. La escena que la rodeaba era tan diferente a lo que había vivido el año anterior que era casi divertido, pero, cuando miró a Dante, que estaba de espaldas, se le borró la sonrisa de la cara y sintió un calor inusual en el vientre.

Dante estaba saludando a unas cuantas personas y Alicia se sentía algo intimidada. Aparte de Buchanen y O'Brien, había otros cinco hombres y dos mujeres, todos con sus ayudantes y consejeros. Todos parecían muy importantes y muy ricos, extremadamente ricos.

El hombre de la voz estruendosa había resultado ser Derek O'Brien, el socio que Dante tenía en Dublín. Era evidente que eran muy amigos. Había llegado acompañado por su esposa, una de las pocas privilegiadas a las que se les había concedido el honor de estar presentes aquella semana.

—Hola, tú debes de ser Alicia —le dijo una mujer de aspecto amable.

Alicia asintió y le estrechó la mano, sonriendo tímidamente.

—Sí... lo siento, pero no sé quién eres tú.

—Soy Patricia O'Brien, la esposa de Derek. Creo que te lo acaban de presentar. Me ha dicho que vinieras para ver qué tal estabas.

Alicia sintió una punzada de algo que no supo definir exactamente. Era evidente que Dante no había pensado en ella. Desde que habían puesto un pie en el salón, los demás lo habían acorralado y ni siquiera se había girado para ver si seguía allí o no.

–Muchas gracias –contestó Alicia sinceramente agradecida.

–Veo que, aunque la habían invitado, la mujer de Buchanen no ha venido. Probablemente, porque sabía que la iban a dejar de lado... mi marido, por el contrario, es incapaz de hacer nada sin mí –comentó Patricia.

Dicho aquello, miró con devoción a su marido, que estaba en el otro extremo de la habitación, y Alicia sintió envidia. ¿Qué le estaba sucediendo? Nunca había sentido aquel vacío.

Alicia sintió que alguien le tocaba la nuca y se giró. Era Dante. La gente que los rodeaba había hecho un pasillo para dejarla pasar, así que Alicia sonrió a Patricia, que le hizo un gesto con la mano para indicarle que se fuera tranquilamente.

Dante la colocó a su lado a pesar de que Alicia hubiera preferido quedarse más alejada. Todo el mundo la miraba como si fuera un espécimen al microscopio. Sobre todo, Buchanen, un hombre rotundo de ojos penetrantes.

–Me gustaría presentaros a Alicia Parker...

Alicia saludó con la cabeza y sonrió. No se había parado a pensar que muchos de los presentes se iban a quedar estupefactos al ver aparecer a Dante con una mujer. De alguna manera, aquello hizo que sintiera que estaban juntos en todo aquello.

Cuando se sentaron a cenar, Dante no tuvo más remedio que soltar a Alicia, lo que no le hizo ninguna gracia. En un primer momento, se había comportado como un cervatillo asustado, pero, al cabo de un rato, se había relajado y había comenzado a charlar tranquilamente. De hecho, la había visto tan tranquila que se había distraído de su propia conversación.

En cuanto habían entrado en el salón, se habían separado y lo cierto era que Dante nunca había tenido antes la sensación de querer mantener a una mujer a su lado, lo que era una locura. Debía mantener las distancias.

Y, para rematarlo, mientras iban hacia el comedor, Patricia O'Brien se había acercado a él, le había apretado la mano y le había hecho una confidencia en voz baja.

—Parece una chica encantadora.

Dante no se lo esperaba. No sabía qué esperaba exactamente, pero, desde luego, no aquello. Alicia estaba sentada a unas cuantas sillas de distancia de él, junto a Derek, que parecía encantado. Aunque su socio era unos veinte años mayor que él, a Dante le entraron ganas de agarrar a Alicia y ponerla a su lado. No quería que Alicia intentara seducir a su amigo.

Aquella idea le dio tanto asco que tuvo que desviar la mirada.

La mano derecha de Dante en Inglaterra no había podido acudir a las reuniones de aquella semana y había mandado a su ayudante, Jeremy Gore-Black, que estaba sentado junto a él. Lo cierto era que Dante quería que le pusiera al tanto de ciertos datos de suma importancia, pero el tono de voz de aquel hombre, tan monótono, lo estaba irritando.

Alicia estaba profundamente agradecida de estar sentada junto a un hombre tan gregario como Derek

O'Brien, que estaba encandilando a los presentes con historias de lo más divertidas, pero también estaba muy pendiente de Dante, que estaba sentado unas cuantas sillas más para allá. Sí, estaba pendiente de sus movimientos, de sus manos y hasta de cómo movía la cabeza cuando hablaba con su interlocutor.

–Te llamas Alicia, ¿verdad?

Alicia asintió y se giró hacia el estadounidense que tenía sentado al otro lado. Se trataba de un hombre joven de apellido Brown, lo recordaba correctamente. Por lo visto, era el ayudante de Buchanen.

–¿Y qué hace una chica como tú en un lugar como éste?

–Yo... –contestó Alicia dándose cuenta de que la pregunta había llegado justamente en un momento de silencio, por lo cual todo el mundo estaba pendiente de ella–. Estoy aquí porque Dante me ha invitado amablemente –sonrió.

–¿Y a qué te dedicas? ¿Trabajas?

Alicia se dio cuenta, por el tono arrogante del joven, que no creía que fuera una mujer trabajadora.

–Sí, soy enfermera y comadrona –contestó muy orgullosa.

–Alicia acaba de volver de estar un año entero en África –intervino Dante defendiéndola.

Alicia contestó entonces a unas cuantas preguntas sobre su estancia en el continente africano. Incluso Dante se sorprendió al saber dónde había estado exactamente, pues se trataba de un lugar increíblemente peligroso. Aquello hizo que se preguntara qué tipo de experiencias habría tenido durante aquel año.

Mientras contestaba a una ingente batería de preguntas, su mirada se cruzó con la de Patricia, que le guiñó un ojo, como diciéndole que lo estaba haciendo muy bien. Al instante, Alicia tuvo una maravillosa sensación de éxito, como si hubiera pasado un examen muy importante.

Tras tomarse una copa después de cenar, todo el mundo se retiró a sus habitaciones. Alicia y Dante subieron las escaleras juntos.

–Ya he visto que has sabido cómo conectar con Buchanen. Menos mal porque puede ser un hombre verdaderamente difícil cuando quiere –comentó Dante una vez a solas frente a la puerta de su habitación.

–Tom me ha contado que su esposa también es enfermera, así que teníamos un montón de cosas de las que hablar –contestó Alicia.

–Lo has hecho muy bien.

–Es de lo que se trata, ¿no? Supongo que, al hacerme pasar por tu pareja, tengo que ir acostumbrándome a que la gente piense que no soy más que una mujer florero.

–No hace falta que te pongas así.

–Será que sacas lo peor que hay en mí.

Dante se quedó en silencio unos segundos.

–No sabía que habías estado trabajando en el lugar que has mencionado en África.

Al instante, Alicia sintió el dolor en la zona lumbar. Dante se dio cuenta de que había tocado un tema que no le gustaba y se preguntó qué le habría sucedido en África. No había contado con que Alicia tuviera aquel aspecto de su vida y, desde luego, resultaba de lo más contradictorio.

–No me lo habías preguntado –contestó Alicia encogiéndose de hombros–. Bueno, lo cierto es que prefiero no hablar de ello.

Dante asintió.

–Las reuniones de negocios van a tener lugar en la villa Monastero, que está en Veranna, al otro lado del lago. Iremos y volveremos todos los días en barco. Deberías venir con Patricia a la hora de comer. Mañana será el único día que estaremos trabajando toda la jornada. A partir de pasado mañana sólo trabajaremos por las mañanas y tendremos las tardes libres para hacer turismo. Habrá un barco a tu disposición.

–Muy bien –contestó Alicia a pesar de que no estaba acostumbrada a tanto lujo.

–Buenas noches, Alicia.

–Buenas noches –contestó observando cómo Dante se encaminaba hacia su habitación sin mirar atrás.

Alicia apenas pudo pegar ojo aquella noche. La idea de que Dante estaba durmiendo muy cerca de ella, posiblemente desnudo, no la dejó dormir.

A la mañana siguiente, corrió a la ventana para ver embarcar a los hombres de negocios y, ¿habría sido su imaginación o de verdad Dante se había girado hacia su ventana antes de subir a la lancha?

Mientras la lancha se aproximaba a la orilla, Dante sintió que su enfado cada vez era más fuerte.

Alicia no había ido a la hora de comer. Patricia, tampoco. Lo cierto era que apenas habían parado de trabajar durante media hora para comer algo, pero aun así...

Alicia estaba en la terraza con Patricia cuando oyó el ruido de las motoras. Al instante, sintió que el corazón comenzaba a latirle aceleradamente. Había querido ir a villa Monastero a comer, pero Patricia había insistido en que fueran a dar un paseo, diciéndole que los hombres ni siquiera se darían cuenta de su ausencia. No teniendo manera de contactar con Dante, temía que hubiera malinterpretado su actuación, que la tomara como un acto de rebeldía.

–Hola, Dante –lo saludó Patricia poniéndose en pie y besándolo en ambas mejillas–. Alicia es una delicia de compañía.

–¿Verdad que sí ? –contestó Dante.

Por lo visto, Alicia fue la única en darse cuenta de la inflexión de su tono de voz. Ella también se puso de pie y Dante se acercó a ella mientras Patricia iba a saludar a su marido.

–Te he echado de menos, amor mío –le dijo–. Creía que ibas a venir a la hora de comer... –añadió agarrándole un mechón de pelo y retorciéndoselo con ternura–. ¿Qué tipo de juego te traes entre manos? –añadió en voz baja.

–Ninguno –le aseguró Alicia–. Lo que pasa es que no sabía que hubiera sido una orden. Creía que había sido una invitación. Te advierto que no acepto órdenes de nadie –añadió.

Dante estaba muy irritado y la única manera que se le ocurrió de librarse de aquel enfado fue besar a Alicia con dureza. Fue un beso breve, pero intenso y ella sintió que el pulso se le aceleraba.

–Pues tómate esto como te dé la gana, pero te aseguro que antes de que termine la semana nos habremos acostado –le advirtió con crueldad.

–Nunca –contestó Alicia horrorizada–. Eso no va suceder jamás.

La última noche de aquella semana encontró a Alicia hecha un manojo de nervios.

Aquella situación, que había comenzado cuando ella había creído que Dante era el padre del hijo de su hermana, se había convertido en algo completamente diferente, algo que no tenía nada que ver con el mundo exterior, algo que solamente los incumbía a ellos dos.

Tras una semana de miradas íntimas y de contacto físico Alicia estaba consumida. Todavía no se habían acostado y no podía dejar de pensar en ello.

Alicia miró a Dante, que iba conduciendo el coche. Lo seguían un par de coches más en el que iba el resto de la gente. Se dirigían a cenar al mismo hotel del que Alicia lo había visto salir no hacía mucho tiempo y al día siguiente se iban a Ciudad del Cabo.

Alicia ya no podía más, así que decidió sacar a colación algo de lo que se había enterado hablando con Patricia aquella misma tarde.

–¿Por qué no me dijiste qué estaba haciendo realmente tu avión? Me refiero al que utilizaste para traerme la ropa desde Milán. ¿Por qué no me dijiste que traía huérfanos desde Milán para que pasaran una temporada en el lago haciendo deporte?

Dante no se giró hacia ella y permaneció en silencio.

–¿Dante? –insistió Alicia.

–No te lo había comentado porque no es asunto tuyo.

–Ya lo sé –contestó Alicia dolida–, pero... aun así,

me gustaría que me lo hubieras dicho –añadió retorciéndose las manos.

A Dante no le hizo ninguna gracia que se hubiera enterado. Se sentía absurdamente débil y expuesto.

–Por favor, no seas falsa. A los demás los has engañado con tu historia de la enfermera devota, pero yo sé muy bien que en África hubo algo más. ¿Tal vez un médico con mucho dinero? –se burló–. ¿Qué ocurrió? ¿Las cosas no salieron bien y por eso volviste a casa corriendo para poner en marcha un plan con tu hermana para sacar dinero a otro tipo?

Alicia sintió que la ira se apoderaba de ella.

–Es evidente que tu aparente filantropía es un movimiento calculado para engañar al público. Si no hicieras cosas así, no te respetarían, no serías más que un nuevo rico vulgar y corriente. Es una táctica muy inteligente en este mundo tan políticamente correcto, sobre todo cuando quieres impresionar a los demás –le espetó.

Dante apretó el volante hasta que los nudillos se le pusieron blancos. Alicia sabía que había sido un golpe bajo. Patricia se había pasado casi una hora alabando el trabajo que Dante hacía con los huérfanos y los niños de la calle.

Dante la miró furibundo y Alicia se estremeció de pies a cabeza. Acto seguido, le puso la mano en el muslo. Alicia se apresuró a intentar apartarla, pero Dante se limitó a subirla cada vez más hasta que prácticamente llegó hasta sus braguitas. Cuando llegaron al hotel, aparcó el coche y, aprovechando que los demás todavía no habían llegado, le puso la mano sobre el sexo.

Alicia estaba profundamente excitada y Dante se había dado cuenta. No podía hablar.

–Lo único importante es esto. ¿Qué más da lo que hagamos o quiénes seamos?

Alicia abrió la boca para protestar, pero Dante aprovechó para besarla de manera incendiaria y, a pesar de todo, Alicia reaccionó de manera instintiva, apretándose contra su mano.

Dante se apartó y sonrió triunfal. Alicia se sintió ridícula y se ruborizó, consciente de que estaba metida en un buen lío. Aquel hombre podía hacerle mucho daño.

Capítulo 11

EN EL TRAYECTO de vuelta a casa después de cenar, apenas hablaron. Alicia estaba sentada quieta como una estatua, presa del miedo y de la recriminación hacía sí misma por desear con todo su cuerpo al hombre que conducía a su lado.

Al llegar, Dante la agarró de la mano y la llevó escaleras arriba. Iba tan deprisa que Alicia se tropezó en el último escalón, pero él no aminoró la marcha, la tomó en brazos sin mediar palabra con ella y siguió andando hacia su dormitorio.

Alicia lo miró a los ojos y vio que su rostro estaba muy serio, frío y distante y se preguntó cómo iban a hacer aquello sin cariño ni afecto.

Al llegar a su habitación, Dante la depositó en el suelo. Alicia tenía la respiración entrecortada e intentó ir hacia la puerta que comunicaba con su dormitorio, pero Dante se lo impidió.

–No quiero hacer esto y no lo voy a hacer –le advirtió Alicia.

Dante no contestó, se acercó a ella y la besó. Alicia intentó zafarse, moviendo la cabeza de un lado a otro.

–No... –protestó.

Dante se apoderó de su boca, Alicia volvió a apartarse, pero Dante no se dio por vencido y comenzó a besarla por el cuello. Alicia le dio puñetazos en el pecho, pero no le sirvió de nada. Sin tener que hacer mucho esfuerzo, Dante le llevó un brazo a la espalda y se lo mantuvo allí.

Había algo indómito en aquel hombre que tenía a Alicia atrapada por completo. En aquellos momentos, sentía su erección y el deseo se apoderó de ella.

La batalla estaba perdida, le temblaban las piernas. Lo cierto era que no quería resistirse. Dante descendió y posó sus labios sobre el escote de Alicia, que llevó la mano que tenía sobre su hombro hacia su cuello, se aferró a su pelo, momento que Dante aprovechó para agarrarla de una nalga con fuerza y apretarse contra ella.

Aquel gesto, aquella urgencia, hicieron que Alicia ahogara un grito de sorpresa. Una fuerza suprema recorría su cuerpo, sentía la necesidad de conectar de la manera más íntima con aquel hombre y, de repente, supo que Dante se había dado cuenta.

Dante volvió a tomarla en brazos y la condujo hacia la cama. Tras dejarla de pie de nuevo, Alicia no se movió. No se opuso tampoco. Enfadada con él por hacerla sentir débil y consigo misma por aquella respuesta que su mente no quería, lo besó con pasión y con furia. Sus lenguas se encontraron y se entrelazaron.

Presa de la ira, Alicia le quitó la chaqueta, que cayó al suelo, Dante se deshizo el nudo de la corbata y se desabrochó la camisa. Al ver su torso desnudo, Alicia se quedó sin respiración y, sin pensar en lo que hacía, puso las palmas de las manos sobre aquella piel bronceada y maravillosa.

—Quítame el cinturón y los pantalones —le ordenó Dante.

Alicia obedeció con manos temblorosas. Cuando

acercó las manos hacia el botón de los pantalones, sintió el calor que emanaba de la erección de Dante. Lentamente, le bajó la cremallera y le rozó con los nudillos. En aquel momento, sintió que su erección pulsaba contra la tela de los calzoncillos y que Dante gemía. Al levantar la mirada, se encontró con sus ojos y tuvo la sensación de que eran los únicos habitantes del planeta.

En aquellos momentos, sólo existían ellos y lo que estaban haciendo.

Dante le apartó la mano con impaciencia, se deshizo de los pantalones y de los calzoncillos y quedó ante ella completamente desnudo. Alicia se fijó entonces en que tenía un tatuaje sobre el bíceps derecho.

–¿Qué es eso? –le preguntó.

–El símbolo de mi entrada en una banda callejera –contestó Dante con desprecio–. ¿Por qué? ¿Te excita?

Alicia negó con la cabeza.

–¿Y qué significa?

–Que no me fío de nadie –contestó Dante.

«No se fía de mí», pensó Alicia.

Sin embargo, no le dio tiempo a seguir aquel hilo de pensamiento, pues Dante le estaba quitando la falda. La blusa no tardó en caer también al suelo. Alicia se quitó los zapatos y Dante la tumbó sobre la cama.

Fue entonces cuando Alicia se fijó en lo excitado que estaba. Al instante, sintió que una estela de líquido incandescente le recorría la entrepierna. Definitivamente, estaba preparada para recibirlo, pues su cuerpo la traicionaba por completo.

Dante le quitó el sujetador, se tumbó junto a ella y se quedó mirándole los pechos. Tenía los pezones muy duros y parecían pedir a gritos que los acariciara, así que le pasó la palma de la mano sobre uno de ellos. Alicia se estremeció y explotó cuando Dante se inclinó sobre ella, tomó el pezón entre sus labios y comenzó a succionar. Sin pensarlo, arqueó la columna y Dante la tomó de la espalda para acercarla más a él.

–¿Qué es eso? –se sorprendió Dante al tocarle la cicatriz que tenía en la zona lumbar.

Sin darle tiempo a que contestara, la giró e inspeccionó. Alicia cerró los ojos y se apartó de él con violencia. Menos mal que estaban a oscuras. Alicia se sentó apoyada en el cabecero de la cama y se abrazó las rodillas. Se sentía culpable y avergonzada y tenía miedo.

¿La estaba mirando con compasión?

–No es nada.

–¿Cómo que no? Tienes una cicatriz enorme en la espalda. ¿Cómo te has hecho esa herida? ¿Te duele?

–Sólo a veces, cuando tengo demasiada actividad física.

Dante recordó de repente cómo la había cargado al hombro e hizo una mueca de disgusto. Alicia comprendió al instante.

–No lo sabías –lo tranquilizó.

–No, pero no tendría que haber sido tan poco cuidadoso.

Hubo algo en su tono de voz que hizo que Alicia bajara la guardia y se olvidara de su intención de no contarle nada.

–Me lo hice hace aproximadamente cinco meses. La milicia rebelde rodeó el campamento en el que estábamos y comenzó a disparar. Mataron a veinte personas. A mí sólo me hirieron. Tuve suerte.

Dante se levantó de la cama y se puso los pantalones. Sabía perfectamente que Alicia estaba intentando quitarle importancia al asunto. Seguro que estaba aterrorizada cada vez que recordaba lo que había vivido. Por alguna razón, llegó a la conclusión de que le estaba ocultando algo.

Alicia cerró los ojos y se dijo que no debía pensar en el pasado.

Dante comenzó a pasearse alrededor de la cama. Así que la habían tiroteado. Así que una bala le había dado. Al imaginar a Alicia herida, sintió algo extraño en el pecho que lo obligó a sentarse en la cama junto a ella y a acariciarle el brazo. A pesar de lo que le acababa de contar, seguía deseándola.

–Alicia... –murmuró.

Alicia levantó la mirada. Parecía desesperada, lo que sorprendió a Dante. La idea de que alguien le hubiera pegado un tiro lo desazonaba de tal manera que le hubiera gustado tomar a Alicia entre sus brazos y no separarse de ella jamás.

–Estoy bien. De verdad –le aseguró Alicia.

Pero no era cierto. De repente, lo estaba recordando todo. Imágenes, rostros de muertos, peligro. La única manera de evitar aquella pesadilla era entregarse a Dante, a aquel hombre cuyo deseo la paralizaba. Entre sus brazos, se sentía a salvo. El deseo volvió a apoderarse de ella con fuerza.

Alicia era consciente de que estaba jugando con fuego para olvidarse del dolor aunque sólo fuera durante un rato. Necesitaba sentirse viva, necesitaba que aquel hombre le contagiara su fuerza.

El hecho de que se fuera a dejar seducir... Alicia prefirió no pensarlo. Raúl Carro jamás la había excitado tanto. Sin pensarlo dos veces, se tumbó bocarriba, flexionó las rodillas y se quitó las bragas.

Dante la miró confuso, pero no tardó en comprender, se puso en pie, se quitó los pantalones de nuevo y volvió a tumbarse a su lado.

Alicia suspiró aliviada. Aquel peligro era mucho mejor que mostrarse vulnerable ante él, así que Alicia le pasó los brazos por el cuello, lo apretó contra su cuerpo y se regocijó en su calor, en su olor y en su fuerza protectora.

El calor sexual los rodeó con toda su fuerza. En pocos minutos, habían llegado al mismo punto donde lo habían dejado y lo habían sobrepasado sin dificultad. Pronto, lo único que existió en la mente de Alicia fue el hombre que tenía encima moviéndose y mirándola a los ojos.

Dante miró a Alicia a los ojos y vio deseo y necesidad, así que la penetró y comenzó a moverse al mismo ritmo que sus caderas. Ambos tenían la respiración entrecortada. Alicia nunca se había sentido tan bien, nunca había sentido tanto, nunca había tenido tantas sensaciones.

Mientras Dante la penetraba una y otra vez, buscó su boca y lo besó con la respiración entrecortada. Tenía todos los músculos tensos y no se podía creer que estuviera tan cerca del orgasmo tan rápido, pero las oleadas estaban empezando a ser cada vez más fuertes y no las podía controlar. Alicia arqueó la espalda y gritó al llegar al clímax.

Dante siguió moviéndose dentro de su cuerpo. Aunque, al principio, la sorprendió un poco, Alicia comprendió enseguida que iba a tener otro orgasmo.

Ambos cuerpos estaban cubiertos de sudor y,

cuando Dante se inclinó sobre ella y le mordió un pezón, Alicia sintió de nuevo que todo su cuerpo se tensaba y que comenzaba a temblar, más fuerte en aquella ocasión.

Esa vez, Dante también se tensó y, antes de derrumbarse sobre ella, depositó su semilla en su interior y, en aquel momento, Alicia lo entendió todo y tuvo la sensación de que todo tenía sentido en su vida.

Tras tomar varias bocanadas de aire, Dante reunió fuerzas para tumbarse boca arriba al lado de Alicia. Quería abrazarla o tomarla de la mano, pero se controló y no lo hizo.

Una buena sesión de sexo. Sólo había sido eso. La única vez en su vida en la que le había ocurrido lo mismo que en aquellos momentos había sido desastrosa, la única vez en su vida que había sentido deseos de abrazar a la mujer con la que se acababa de acostar le había costado muy caro. No le había vuelto a suceder desde entonces. Aquello demostraba que no debía fiarse de Alicia.

Era igual que la otra.

Dante se puso en pie y, de repente, oyó que Alicia estaba llorando. Al girarse, comprobó que tenía los ojos cerrados y el brazo puesto sobre ellos y que las lágrimas le resbalaban por las mejillas.

–Alicia.

Alicia abrió los ojos y retiró el brazo, se sentó en la cama con indiferencia y recogió su ropa. Hecho aquello, fue hacia la puerta de su habitación. Sorprendido, Dante sólo pudo mirarla.

–Para que lo sepas, estoy tomando la píldora, así que no habrá consecuencias –le dijo.

Y, dicho aquello, desapareció. ¿Cómo se atrevía?

Furioso, Dante fue hacia la puerta, pero se paró en seco. Él tenía mucho cuidado con aquel asunto. Siempre insistía mucho en proteger sus relaciones sexuales y no entendía qué le había ocurrido en aquella ocasión.

Estaba furioso consigo mismo. Al recordar lo que había pasado, volvió a excitarse. Desde luego, si Alicia creía que se comportaba así con todas las mujeres, tenía razones para haberse enfadado.

Mientras se duchaba, se preguntó por qué se habría puesto a llorar. ¿Habría sido por algo que él había hecho?

Lo que le acababa de ocurrir era tan enorme que todavía no comprendía. Mientras se daba una ducha, Alicia recordó las manos de Dante, recordó lo que le habían hecho sentir, recordó la vulnerabilidad que se había apoderado de ella cuando le había tocado la cicatriz y decidió que no quería pensar en ello.

No se podía creer que Dante no hubiera pensado en ponerse un preservativo. Para ser sincera consigo misma, ella sólo había pensado en el asunto de la protección cuando todo había terminado ya.

¿Se habría dado cuenta de que estaba llorando? ¿Se habría dado cuenta de que la había conmovido hasta las lágrimas con su cuerpo? Había llorado porque era la primera vez en su vida que experimentaba tanto placer, había llorado porque durante el último año había reprimido su parte emocional. No le había quedado más remedio. Había sido cuestión de supervivencia.

Sin embargo, aquel hombre le había hecho volver a sentir de nuevo. Alicia había querido sentirse viva otra vez y ahora no sabía si iba a ser capaz de soportar la situación. Se había acostado con Dante creyéndose una mujer sofisticada, pero ahora ya no estaba tan segura.

Tras secarse, se metió en la cama y se preguntó cómo era posible que aquel hombre le hubiera devuelto algo tan precioso, aquello que le había arrebatado otro.

Capítulo 12

AL LLEGAR a Ciudad del Cabo, Alex, el ayudante de Dante, se lo llevó para tratar unos asuntos de última hora y Alicia subió sola a ver la suite que les habían dado en el hotel, propiedad de un amigo de Dante.

Dante le había dejado muy claro que, una vez en África, no había escapatoria, que iban a tener que dormir juntos. A pesar de que había conseguido escapar a cualquier contacto físico con él, estaba nerviosa y evitaba sus miradas.

Una vez deshecho el equipaje bajó a dar una vuelta y, estando en la recepción esperando para que le dieran un mapa de la zona, oyó una voz inconfundible a sus espaldas.

–Vaya, vaya, vaya, pero si es Alicia Parker. Qué pequeño es el mundo.

Alicia se giró lentamente y se encontró con la mujer que había competido con ella durante años. Primero, en la escuela de enfermería y, años más tarde, en el hospital. Lo peor había sido que había terminado compitiendo con ella por un hombre y ambas habían sufrido.

–Vaya, Serena Cox. Hola.

La aludida sonrió de manera desagradable.

–Serena Gore-Black –la corrigió–. Estoy casada

con Jeremy –añadió señalando a un hombre que estaba en el mostrador.

Alicia lo miró. Lo había conocido en una cena en el lago Como y sabía que trabajaba en la empresa de Dante en Londres. Qué cruel coincidencia.

–¿Y tú con quién has venido? –quiso saber Serena.

–Con Dante D'Aquanni –contestó Alicia.

Su eterna enemiga la miró con envidia, lo que no le produjo ninguna satisfacción.

–¿De verdad? –le preguntó fijándose en la carísima ropa que llevaba–. Veo que te va muy bien.

–Te tengo que dejar... –contestó Alicia forzándose a sonreír.

En aquel momento, llegó el marido de Serena y saludó a Alicia. Parecía un hombre muy amable.

–Mira, cariño, me acabo de encontrar con Alicia Parker, fuimos compañeras de trabajo en el Royal hace unos años –le dijo Serena a Jeremy.

Cuando la pareja se hubo ido, Alicia pensó que no era nada bueno que Serena andara por allí. Aquella mujer siempre había sido problemática.

Cuando Dante entró en la suite aquella noche, Alicia estaba lista para bajar a cenar. Se había puesto un vestido de seda color crema que enfatizaba sus curvas. De repente, aunque no había querido ni mirarla, la recordó desnuda en su cama y sintió que el deseo se apoderaba de él.

Mientras se vestía de gala para la cena pensando en que le encantaría deshacerle el moño que le habían hecho en la peluquería y despojarla de aquel vestido, se dijo que debía controlarse, que ya tendrían tiempo luego.

–Ya estoy, vamos –anunció Dante.

Alicia se giró hacia él. Se había mantenido de espaldas todo el tiempo para no verlo desnudo. Una vez en la puerta y antes de cerrarla, Dante se quedó mirándola intensamente.

–¿Qué pasa? Vamos a llegar tarde.

Sin mediar palabra, la tomó entre sus brazos y la besó. Al instante, Alicia sintió que la pasión de la noche anterior volvía de nuevo, gimió excitada y desesperada.

–Dante, no me pienso volver a acostar contigo. Esto no entraba en el trato –le aseguró desesperada–. Por favor.

–El trato ha cambiado –contestó Dante–. Antes te ibas a hacer pasar por mi pareja, pero ahora vas a tener que actuar como si realmente lo fueras en todos los aspectos. Piénsalo bien. ¿Por qué te quieres negar un placer así?

Alicia lo miró confusa.

–Es sólo sexo... sexo maravilloso... no hace falta que nos caigamos bien…ni siquiera que nos respetemos a la mañana siguiente –le aseguró Dante.

Alicia se estremeció ante aquellas palabras. Por lo menos, Raúl Carro había escondido su deseo tras una falsa máscara de amor. Dante no se molestaba en hacer esas cosas y, de cierta manera, debería estarle agradecida por ello.

Alicia comenzó a avanzar por el pasillo y Dante la siguió.

Los cónyuges y los hijos de la comitiva habían llegado aquel día y, cuando Dante y Alicia llegaron al comedor, situado en una plataforma sobre la playa, Alicia vio que había mucha gente y le pareció que aquello no tenía nada que ver con el ambiente protegido y acogedor del lago Como.

Casi inmediatamente, se dio cuenta de que Serena la estaba mirando y, de manera automática, le apretó la mano a Dante, que se la había agarrado nada más salir del ascensor.

–¿Qué te ocurre?

–Nada... nada –contestó Alicia buscando protección en él.

La cena fue algo caótica, pero placentera. Patricia se sentó a su lado durante el café.

–Esto es muy diferente a lo de la semana pasada, ¿verdad?

Alicia sonrió y asintió. Algunos de los presentes se habían dirigido al bar que había al aire libre y en el que había una orquesta interpretando piezas de jazz.

–¿Y cómo os conocisteis Dante y tú? –le preguntó la mujer de Derek.

Alicia intentó buscar una respuesta ambigua.

–De manera poco convencional, te lo aseguro.

Patricia sonrió.

–No me sorprende viniendo de un hombre como Dante. No es precisamente convencional, ¿verdad?

Alicia miró al hombre del que estaban hablando, que estaba en la barra, siendo el centro de atención de los demás, orgulloso y atractivo con sus pantalones oscuros y su camisa clara. No, desde luego que no era convencional. Era complejo y duro aunque en la cama y cuando la besaba...

Alicia sintió que el corazón le daba un vuelco y cerró los ojos un momento. A continuación, suspiró y se sintió algo más relajada.

—No, no lo es.

—Bueno, creo que será mejor que nos vayamos con los hombres. Hay muchas mujeres por aquí mirando a Dante con interés y, aunque sé que sólo tiene ojos para ti, creo que sería mejor que no les diéramos oportunidad de que te bajaran de tu pedestal.

Alicia se puso en pie algo nerviosa.

¿Bajarla del pedestal? Pero si Dante nunca la había tenido en ningún pedestal. ¿Cómo la iba a bajar de un lugar en el que nunca la había puesto? Ante aquel pensamiento, se sintió realmente incómoda y se preguntó por qué.

La única respuesta que se le ocurrió fue que realmente le gustaría que Dante la tuviera en un pedestal porque... de alguna manera... se había enamorado de él.

Capítulo 13

ME VOY a dormir.

Dante apretó los dientes, pero asintió.

—Gracias —le dijo Alicia.

Una vez en la suite, se quitó los zapatos de tacón alto que la estaban matando de dolor y comprobó que se había rozado ambos talones. Todo lo aprisa que pudo se curó, pues no quería que Dante la tocara aquella noche, quería estar dormida para cuando él volviera, le era impensable volver a hacer el amor con él después de haberse dado cuenta de lo que sentía.

¿Cómo era posible que se hubiera enamorado de él? ¿Acaso no había aprendido después de su relación con Raúl?

Alicia estaba desesperada y sintió unas inmensas ganas de llorar. Además, le dolía la cabeza, así que, tras tomarse una aspirina, se lavó la cara con agua fría y se miró en el espejo.

Tras decirse que todo iba a salir bien, se metió en la cama. Se sentía muy sola. Su hermana estaba en Londres con Paolo. Había hablado con ella aquella misma mañana y le había dicho que en la primera cita con el doctor Hardy todo había ido muy bien, así que Alicia se dijo que las lágrimas que resbalaban por sus mejillas en aquellos momentos eran de felicidad por Melanie y que no tenían nada que ver con su pasado ni consigo misma.

Dante entró silenciosamente en la habitación, se acercó a la cama y vio que Alicia estaba profundamente dormida. Su apariencia inocente e infantil lo turbó, pero… ¿por qué demonios llevaba el pijama abotonado hasta el cuello en lugar de dormir desnuda? ¿Por qué demonios no lo estaba esperando?

Se fijó en que Alicia había sacado una pierna por debajo de la manta y en que tenía sangre en el talón y supuso que le habrían hecho daño los zapatos nuevos.

Entonces recordó lo que le acababan de contar. Aunque confiaba en la persona que se lo había contado tan poco como en Alicia, probablemente, lo que le había dicho sería verdad. Lo cierto era que se sentía profundamente decepcionado y no quería admitírselo a sí mismo.

Estaba furioso.

Al final, Alicia iba a ser una carga.

–Ven a desayunar conmigo –dijo Dante cuando vio que Alicia se despertaba–. Se está muy bien aquí fuera.

Hubo algo en su tono de voz que hizo que Alicia desconfiara, pero tampoco podía quedarse en la cama todo el día, así que se puso la bata sobre el pijama y salió al balcón.

–No hace falta que te tapes, me sé controlar –le dijo Dante mientras le servía un cruasán y algo de fruta en un plato.

Alicia evitó mirarlo a los ojos y se fijó en la maravillosa vista del mar que había desde allí. Mientras la observaba, Dante pensó en lo buena actriz que era, en que había estado a punto de engañarlo.

–Anoche tuve una conversación muy interesante con una antigua compañera tuya de trabajo –comentó.

Alicia sintió que la sangre se le helaba en las venas, dejó el vaso de zumo sobre la mesa y miró a Dante elevando el mentón en actitud desafiante.

Evidentemente, Serena no había perdido el tiempo.

–¿Y? Venga, cuéntamelo ya porque es evidente que te mueres por hacerlo –le dijo con desdén.

–Serena Gore-Black, la mujer de Jeremy, me habló de tu aventura adúltera con el doctor Raúl... como se llame.

Así que lo había hecho. Alicia sintió un profundo dolor y la culpa se agarró a sus entrañas, aquella culpa que jamás desaparecía.

–Carro... doctor Raúl Carro.

–¿Te fuiste a África por él?

Alicia se quedó mirándolo intensamente y asintió. Era evidente que Dante creía que Raúl se había ido primero y que ella lo había seguido cuando, en realidad, había sido al revés, pero daba igual. ¿De que le serviría contarle la verdad cuando él parecía más partidario de creer lo peor?

Lo cierto era que Alicia se había ido a África para distanciarse de Raúl porque estaba disgustada y asqueada con lo que había sucedido, porque no podía soportar el haberse enamorado de alguien tan inmoral

El hecho de que Alicia le confirmara aquella historia hizo que Dante sintiera una curiosa presión en el pecho.

–Entonces, ¿no niegas que te liaste con un hombre que tenía esposa y cuatro hijos en España?

Alicia se puso en pie y se agarró a la barandilla con fuerza. Al cabo de unos segundos, se giró muy enfadada.

–No, no lo niego. Es cierto. Tuve una aventura con un hombre casado. ¿Estás contento? Además de cazafortunas, me lío con hombres casados. Ya lo sabes. Soy una mujer malvada que roba dinero y maridos.

Dante se puso en pie lívido.

–Digamos que no me sorprende, pero, ¿qué más da? No me importas absolutamente nada... exactamente igual que la mentirosa de tu hermana –declaró.

Alicia lo abofeteó.

–No hables así de mi hermana. Por tu culpa tuvo un accidente y terminó en el hospital.

Excitado por aquella reacción, Dante la tomó con fuerza entre sus brazos y la besó.

–Dante, no... así no –protestó Alicia.

–Sí, no mientas, me deseas tanto como yo te deseo a ti, me deseas a pesar de que me odias. A mí me pasa exactamente lo mismo –insistió él tomándola con fuerza entre sus brazos.

Dicho aquello, le deshizo el nudo de la bata y deslizó la tela por sus hombros. Alicia tuvo la sensación de que lo que iba a ocurrir era inevitable. Era verdad que lo deseaba. Aquélla era la única comunicación que existía entre ellos, una comunicación sin palabras, a través del cuerpo.

–Desnúdate –le ordenó Dante.

Aquella orden le pareció a Alicia de lo más erótica y, enfadada consigo misma, comenzó a desabrocharse los botones de la camisa del pijama. De repente, se le ocurrió disfrutar del striptease para excitar a Dante, que la miraba anonadado. Primero, cayó la camisa al suelo y, luego, la siguieron los pantalones.

Dante recorrió su cuerpo con la mirada, bebió de sus pechos pequeños pero turgentes, tomó a Alicia de las manos y se las colocó sobre su camisa, diciéndole con los ojos que lo desnudara a él también.

Alicia sintió la respiración entrecortada y los dedos torpes, pero consiguió desnudarlo.

Cuando le quitó los pantalones, aprovechó para quitarle también los calzoncillos y, al hacerlo, liberó aquel miembro fuerte y poderoso, masculino y pulsante.

Al verlo, sintió que la boca se le secaba.

—Acaríciame.

Alicia lo miró a los ojos, alargó una mano y rodeó la erección. La sintió caliente y sedosa. Dante apretó los dientes, le brillaron los ojos y los músculos del cuello se le tensaron mientras Alicia movía la mano arriba y abajo.

Dante se dijo que debía decirle que parara porque estaba a punto de llegar al final, así que la agarró de la mano. Cuando sus manos se encontraron, también lo hicieron sus miradas. Aquel momento fue de lo más sensual y Dante estuvo a punto de explotar, pero haciendo gala de un control inusual consiguió apartar las manos y tumbarla sobre la cama.

Alicia estaba perdida, estaba en otro lugar y, al igual que la primera vez que se habían acostado, le gustaba así. Dante acarició todo su cuerpo con las manos y con la boca y Alicia comenzó a sentir oleadas de placer y se dijo que iba a alcanzar el orgasmo sin que la penetrara.

Sintió que Dante se dirigía hacia sus rodillas, sintió que le separaba las piernas, que la agarraba de las nalgas con fuerza como si fuera una fruta abierta ante él y que depositaba su boca exactamente en el punto más íntimo de su cuerpo.

Las oleadas de placer se descontrolaron y Alicia comenzó a mover las caderas siguiendo una cadencia instintiva y maravillosa.

Tras haberla llevado al orgasmo, Dante se colocó encima de ella. Entonces Alicia comprendió que se había entregado a él con tanta facilidad porque Raúl Carro nunca la había hecho sentir así. Aquello le dio miedo. Literalmente, era vulnerable a él y aquel hombre la iba a destrozar.

–Por favor, Dante, no puedo más...

–Pero si no hemos hecho más que empezar –le aseguró Dante–. Cuando me vaya, tendrás algo que recordar.

Y, dicho aquello, la penetró y la condujo una y otra vez a un lugar que Alicia no conocía. Al principio, lo hizo con lentitud y languidez, pero la segunda vez fue urgente y apasionada. La tercera, en la ducha, Alicia lo abrazó con las piernas y gritó mientras Dante se movía con fiereza dentro de su cuerpo y tuvo que agarrarse a él para no caerse.

Cuando la depositó sobre la cama desnuda y exhausta, se vistió con tranquilidad y le dijo que pasaría a buscarla a las siete para salir a cenar

Cuando la puerta se cerró tras él, Alicia se quedó dormida.

Capítulo 14

DANTE se miró en el espejo del ascensor cuando salió de la habitación. Seguía siendo el mismo, pero no se sentía igual tras haber hecho el amor varias veces con Alicia.

No sabía exactamente qué le estaba ocurriendo, pero se sentía como si le hubieran quitado una capa de protección y estuviera más expuesto que nunca.

–Estás un poco pálida, cariño, ¿te encuentras bien?

Alicia se obligó a sonreír y asintió ante la pregunta de Patricia. La había convencido para que tomaran el aperitivo antes de cenar en el muelle, una manera patética de intentar retrasar lo inevitable: volver a verlo.

Se sentía humillada cada vez que recordaba cómo se había entregado a él aquella mañana en repetidas ocasiones.

–Aquí llega Dante –anunció Patricia.

Alicia se quedó helada. Cuando se levantó lentamente, se giró con el cuerpo completamente dolorido, sobre todo entre las piernas, y cualquier emoción de humillación o de vergüenza desapareció y se vio sustituida por un sentimiento muy fuerte de deseo.

Dante se acercó a ella y la besó en los labios y Alicia pensó que era puro teatro. Aun así, aquel beso la excitó y la hizo olvidarse de los dolores musculares.

Dante saludó a Patricia y se sentó a tomar una copa con ellas. Estaba pendiente de Alicia, que llevaba un vestido de punto negro ajustado con un maravilloso escote de pico. Al instante, se dio cuenta de que no quería que ningún otro hombre la mirara ni soñara con deslizar las manos por aquel escote para acariciarle el pecho.

Aquello hizo que mirara a Alicia malhumorado. Se arrepintió pronto, al ver que ella parecía dolida, y decidió concentrarse en conversar con Patricia hasta que llegó Derek.

Mientras iban hacia el restaurante para cenar, se recriminó a sí mismo por enésima vez aquel día por estar dejando que aquella mujer le pusiera la vida patas arriba.

Una vez en el restaurante y mientras Patricia y Dante charlaban animadamente, Alicia se dio cuenta de que Derek no parecía tan animado.

–¿Qué te ocurre? –le preguntó.

Derek la miró, intentó sonreír, pero no lo consiguió. En aquel momento, su mujer y Dante dejaron de hablar y Alicia presintió que realmente ocurría algo.

–¿Qué ocurre? –insistió.

–Díselo –le indicó Dante a su socio–. Ya se lo he comentado yo esta mañana.

Alicia comenzó a preocuparse seriamente.

–Alicia, cariño, me temo que hay un rumor muy desagradable circulando por ahí… sobre ti –le dijo Patricia.

Alicia sintió un nudo en la garganta.

–A ver si lo adivino, Serena Gore-Black –se lamentó.

–Lo siento –contestó Patricia–. No es asunto de nadie lo que tú hayas hecho en el pasado, pero hay gente que tiene miedo de que los periodistas se enteren. Ya sabes que los cotilleos suelen aparecer en círculos de poder y dinero.

Alicia se sentía fatal.

–Dios mío, no se me había pasado por la cabeza que...

–¿Que tus meteduras de patatas fueran a costarte tan caro? –le espetó Dante.

–Dante, por favor, no le hables así –la defendió Patricia.

–Da igual –intervino Alicia con voz trémula–. La verdad es... la verdad es... que es cierto –confesó–. De alguna manera, es cierto –añadió con voz fuerte, pues no se quería hacer la mártir.

Todos los demás la miraron y Alicia decidió concentrarse en Patricia, su aliada.

–La verdad es que es cierto que tuve una aventura con un hombre casado. Se llamaba Raúl Carro y era médico. Sin embargo, yo no sabía que estaba casado –le explicó con amargura y sin querer mirar a Dante por miedo a ver en sus ojos que no creía su versión de los hechos–. Estuvo un par de meses en el hospital en el que yo trabajaba, era español, no llevaba ni alianza ni nada parecido y no mencionó a su esposa ni a sus hijos en ningún momento –continuó encogiéndose de hombros–. Era alto, moreno y muy guapo, casi un dios... y cuando me pidió salir...

–No te pudiste resistir –sonrió Patricia comprendiendo perfectamente la situación–. Oh, cariño, supongo que fue espantoso cuando te enteraste.

–Sí, horrible –contestó Alicia–. Sobre todo, cuando me enteré de que no solamente había estado saliendo conmigo sino con la mitad del hospital. Lo descubrí al final. Serena Cox, que era su apellido de soltera, fue otra de sus víctimas. De hecho, fue ella quien se enteró de que estaba casado y se encargó de llamar a su esposa... pero tuvo mucho cuidado de absolverse a sí misma de cualquier culpa. Siempre negó que hubiera tenido una aventura con él. Lo peor fue que le contó la historia a un periódico local y dio los nombres de varias enfermeras para que nadie se fijara en ella –concluyó–. No llegó a la prensa nacional, pero...

No podía olvidar aquel titular tan horrible.

Médico sin escrúpulos seduce a la mitad del hospital mientras su pobre esposa lo espera en casa.

–Esto se pone cada vez mejor –comentó Dante.

Por primera vez, Alicia pensó en cómo afectaría aquello también a Derek, que había invertido todo lo que tenía en aquella fusión y tenía que mantener a cuatro hijas. Alicia sintió ganas de vomitar.

–¡Y ahora vuelve a servirse de la misma historia para dejarte mal! –protestó Derek.

Alicia se encogió de hombros a pesar de que sentía pánico porque era evidente que Dante no creía nada de lo que acababa de decir.

–Supongo que no ha querido dejar pasar la oportunidad.

Derek se secó la frente perlada de sudor.

–No tengo nada en contra de Gore-Black. Es un buen hombre, pero creo que no se ha casado con una buena mujer. Creo que lo mejor sería que se fuera. No queremos personas que metan cizaña, ¿verdad, Dante?

–No, claro que no –contestó el aludido.

Alicia pensó que debía de estar arrepintiéndose de haberla llevado allí con él y se sintió fatal por ser la protagonista de un escándalo en mitad de unas negociaciones tan importantes.

–Alicia, no te preocupes –le dijo Patricia cuando se despidieron al terminar la cena–. Derek está tan enfadado que no me sorprendería que mañana por la mañana esa mujer ya se hubiera ido.

Alicia le apretó la mano.

—Oh, no, por favor. Eso no haría sino empeorar las cosas.

Pero Patricia le acarició la mejilla, le dio las buenas noches y volvió a insistir en que no se preocupara.

Un rato después, tras ducharse, Alicia salió a su habitación y la encontró vacía. Sin embargo, vio que Dante estaba sentado en el balcón tomándose una copa de vino. Parecía tan frío y distante que se asustó. ¿Creería que se lo había inventado todo?

—Dante... —le dijo asomándose.

Dante giró la cabeza y la miró con frialdad.

—Vete a la cama, Alicia. No estoy de humor para aguantar más mentiras.

Dolida, Alicia se giró y volvió a entrar en su habitación, se metió en la cama y se hizo un ovillo, pero no se pudo dormir hasta que no oyó entrar a Dante mucho tiempo después. Dante se tumbó a su lado, pero no hizo amago ni de abrazarla ni de hacerle el amor.

A la mañana siguiente, fingió estar dormida y no se levantó de la cama hasta que Dante no se hubo ido.

No le gustaba nada la situación actual. Para empezar, no le gustaba que todo el mundo estuviera al tanto de la humillación que había sufrido y, para seguir, poner a Dante en una posición tan incómoda le resultaba espantoso.

Lo mejor era que se fuera. Sí, tenía que irse. No había otra opción. Si se quedaba, Serena podría minar la fusión de Dante y Derek.

Alicia decidió que no iba a recoger nada, pues, al fin y al cabo, la ropa que tenía allí ni siquiera era suya, así que tomó prestado un exquisito pantalón de lino y una preciosa blusa blanca, agarró su teléfono móvil y su tarjeta de crédito rezando para tener suficiente dinero para volver a casa, se sentó y escribió una nota a Dante diciéndole que sentía mucho haber dañado su reputación justo en aquel momento de su vida en el que las apariencias eran fundamentales y le deseó suerte en las negociaciones.

Alicia estaba convencida de que Dante estaría encantado de perderla de vista. Después de cómo la había mirado la noche anterior...

Alicia suspiró aliviada cuando aceptaron su tarjeta de crédito para pagar el vuelo de vuelta al Reino Unido.

Estaba esperando la cola para embarcar cuando le pareció ver a Serena y a su marido. No se lo podía creer, así que se quedó mirándolos fijamente. En aquel momento, Serena levantó la mirada y sus ojos se encontraron. Sin dudarlo, la pelirroja fue hacia ella.

–¿Estás contenta ahora que todo el mundo se ha enterado de que a mí también me engañó? –le espetó señalando a su marido–. Me han echado como si fuera una apestada…

–¿Vas a algún sitio? –le preguntó Dante apareciendo de repente a su lado.

–A casa –contestó Alicia con voz trémula.

Dante la agarró del brazo y la sacó de la cola.

–¿No has leído la nota que te he dejado? –le preguntó Alicia.

–Claro que sí, la he leído y la he tirado a la basura.

–Yo me voy a casa –insistió Alicia cruzándose de brazos–. No pienso volver al hotel ahora que soy la causante de tu vergüenza.

–Pero si Serena se va a casa.

–¿Y qué? Eso no hará sino empeorar las cosas. ¿Quién te dice que no acudirá a la prensa cuando llegue a Inglaterra?

–No lo va a hacer porque su marido está tan avergonzado que le ha dicho que, si vuelve a hablar de esto, se divorciará de ella –le aseguró Dante–. Derek ha ido a hablar con ellos esta mañana y no le ha costado mucho que Serena confesara que actuó de forma maliciosa para dejarte en mal lugar. Por suerte, el rumor no ha llegado a oídos de Buchanen

Alicia se quedó mirándolo perpleja.

–Te debo una disculpa –declaró Dante–. Te pido perdón por haber dudado de ti, Alicia.

Alicia se quedó con la boca abierta. Dante la estaba mirando de una manera que hizo que se derritiera.

–Por favor, vuelve conmigo.

Alicia no sabía qué hacer.

–Ya sé que te dije que accedía a acompañarte a las negociaciones, pero... –comentó.

Sin embargo, la sola idea de separarse de él se le hacía insoportable. Dante lo comprendió cuando Alicia le apretó la mano. Un inmenso alivio se apoderó de él.

Capítulo 15

MIENTRAS Dante conducía, Alicia intentó ordenar sus pensamientos.

–Cuando me dijiste que Raúl Carro había sido la causa de que te fueras a África, lo que quisiste decir es que te fuiste para distanciarte de él –comentó Dante.

Alicia asintió.

–Fue espantoso. Su pobre esposa... todavía me siento fatal.

–Pero si tú no sabías nada.

–Da igual. Era un hombre manipulador y te aseguro que, en cierta manera, me alegro de que Serena llamara a su mujer. Tenía derecho a saberlo.

–Pero, entonces, ¿apareció en África?

–Sí, al final. Unos días antes de que yo me fuera. A mí me ignoró, pero, en cuanto llegó, comenzó a seducir a otras enfermeras.

–¿Sigues enamorada de él? –le preguntó Dante apretando el volante con fuerza mientras esperaba la respuesta.

–No –contestó Alicia al cabo de un rato–. La verdad es que creo que nunca lo estuve.

«Ahora que sé lo que es el amor de verdad, creo que nunca estuve enamorada de él», pensó.

Dante sintió un inmenso alivio. Cuando había descubierto que Alicia se había ido, había sentido un terrible pánico. La idea de que pudiera desaparecer sin más lo había llenado de terror.

Dante miró a la mujer que había sentada a su lado. Seguía allí. Eso era lo único que le importaba en aquellos momentos.

Aquella noche, se sentaron en el balcón y compartieron un licor. Alicia se sentía bien aunque no sabía hacia dónde iba su relación. Dante le había pedido perdón por haberla juzgado de manera errónea, pero tenía la sensación de que, al haberse quedado, le había dejado muy claro que su corazón le pertenecía.

–¿En qué piensas?

–En nada en particular –mintió Alicia.

–¿Te fuiste a África para castigarte a ti misma? –quiso saber Dante retomando la conversación.

Alicia se quedó pensativa.

–La verdad es que nunca me lo había planteado, pero... quizás en parte fuera así... ¿Por qué no me cuentas algo sobre ti? La verdad es que me resulta extraño no saber absolutamente nada.

–¿Qué quieres saber?

Alicia se encogió de hombros, encantada de que hubieran dejado de hablar de ella.

–No sé... ¿cómo llegaste desde las calles al lugar que ocupas ahora mismo en la sociedad y qué fue de tus padres?

Dante apretó las mandíbulas y habló sin emoción.

–Cuando mi hermano tenía un año y yo seis, mi madre nos abandonó. Mi padre ya se había ido hacía mucho tiempo y nadie sabía dónde estaba, así que nos llevaron a un orfelinato, pero cerró unos años después porque no tenía fondos, así que nos vimos viviendo en la calle.

—¿Los dos?

Dante asintió.

—¿Cuántos años tenías entonces?

—Trece o catorce.

A continuación, permaneció un buen rato callado.

—Un día, un hombre me vio trabajando, estaba ayudando en la construcción de una casa, me llamó y me ofreció un trabajo. Yo le dije que solamente lo podía aceptar si me podía llevar a mi hermano conmigo. Paolo tenía entonces nueve años y no hacía más que meterse en líos. Aquel hombre, que se llamaba Stefano Arrigi, se hizo cargo de nosotros y fue nuestro tutor. Solía decirme que había visto en mí algo que no había visto en nadie más, así que yo me esforcé. Aquel hombre no tenía familia y, cuando murió, yo tenía veintiún años y me dejó su pequeña constructora.

—Y ahora esa constructora es una de las mejores del mundo...

Dante asintió de manera modesta y Alicia sintió que el corazón le daba un vuelco. Entendía perfectamente la vida que había llevado Dante, pues la suya había sido muy similar aunque, gracias a Dios, nunca se había visto en la calle. Aun así, decidió no revelarle nada más de su pasado y le agradeció que le hubiera contado tantas cosas sobre el suyo porque la ayudaba a comprender su complejo carácter.

Cuando Dante le tendió la mano para irse a dormir, Alicia supo que se había enamorado de él sin remedio.

Por la noche, mientras volvían al hotel después de haber estado en una bodega catando vinos en la zona de Stellenbosch, Dante iba pensando que aquella situación se le estaba escapando de las manos.

Alicia había encandilado a todo el mundo, a sus amigos más íntimos, los O'Brien, y a todos los demás. La esposa de Buchanen, que había llegado a finales de la semana anterior, estaba completamente fascinada por ella y encantada de encontrar a otra enfermera con tanta vocación como ella. La gente no paraba de decirle lo maravillosa que era, lo dulce que era, lo amable que era...

Y Dante sabía que era cierto.

Sin embargo, se recordó que, hasta que no naciera el hijo de Melanie, debía mantenerse firme, no debía dejarse atrapar, no debía sucumbir.

Ya lo habían engañado una vez.

Debía vigilarla bien.

Dante se dijo que estaba preparado para lidiar con una mujer como ella, pero lo que no podía soportar era su fachada.

Años antes, le había afectado mucho que lo engañaran, pero ya no era así. Ahora, tenía la situación controlada. Pasara lo que pasase, lo único que le interesaba era saciar su apetito físico, que lo quemaba abrasadoramente.

Dante tomó a Alicia del mentón al llegar a la puerta de su habitación y la besó con pasión, Alicia se dio cuenta de que, sin embargo, la miraba con frialdad y comprendió, con lágrimas en los ojos, que seguía sin confiar en ella.

Era evidente que seguía creyendo que su hermana y ella tenían un plan para sacarle el dinero y, cuando terminara aquella semana, tendría que volver a casa.

Capítulo 16

QUIERO que vuelvas a Italia conmigo y te quedes en mi casa de Roma.

Alicia sintió que se mareaba ante las palabras de Dante. No era lo que esperaba oír. Tampoco era el mejor momento estando desnuda con él, también desnudo, al lado en la cama.

Estaba terminando su estancia en Ciudad del Cabo y había llegado el momento de volver a Europa. Las negociaciones habían sido un rotundo éxito, Buchanen había firmado los contratos durante una espectacular rueda de prensa el día anterior, así que su constructora comenzaría las obras del estadio al año siguiente.

—¿Y por qué quieres que me quede contigo? —le preguntó.

—Porque lo que hay entre nosotros me gusta... —contestó Dante acariciándole un pecho.

—Pero... —contestó Alicia con la respiración entrecortada.

—No quiero que te vayas —la interrumpió Dante de manera arrogante.

—Dante, no soy un juguete.

—¿Me estás diciendo que te quieres ir? ¿Me estás diciendo que te quieres perder todo esto? —insistió sentándola a horcajadas sobre él.

«No, claro que no», pensó Alicia sintiendo su erección en la entrepierna.

Un rato después, después de haber hecho el amor y con el cuerpo bañado en sudor, Dante la besó en el cuello e insistió.

–¿Qué me dices?

Dos meses después

Dante sonrió mientras entraba en su casa, situada en el centro de Roma. Oía correr el agua en la ducha y se imaginó a Alicia desnuda, lo que lo llevó a deshacerse de la ropa a toda velocidad.

Mientras se aproximaba a la puerta del baño, el deseo se hizo cada vez más patente en su anatomía. Sí, allí estaba, lavándose el pelo, con los brazos levantados y los pechos en punta.

–¡Dante! –exclamó Alicia asustada cuando Dante abrió la puerta de la ducha.

–Sí, soy yo... anda, déjame, que ya lo hago yo...

A continuación, la giró hacia sí, le colocó las manos sobre los pechos enjabonados y comenzó a acariciárselos. Al instante, sintió que Alicia se estremecía y se apretó contra ella para que sintiera su erección mientras pensaba que había tomado la decisión correcta al convertirla en su pareja.

La vida le sonreía.

Aquella misma noche, mientras cenaban, Alicia miró a Dante y pensó que cada día se estaba enamorando más de él y se estaba dejando caer en un agujero oscuro que amenazaba con tragársela.

Llevaba dos meses jugando a ser su pareja, lo que

era una locura. Iba con él a todas partes, siempre con una sonrisa a pesar de que no sabía lo que iba a pasar.

–Este domingo por la noche hay una función para sacar fondos para los niños de Milán y el sábado hay una competición de deportes acuáticos en el lago Como también para los niños. ¿Quieres venir?

–Claro –se obligó a sonreír Alicia.

Dante sonrió también y Alicia sintió que el corazón se le encogía. Ni una sola palabra de afecto ni de ternura ni de amor. Ya no sabía cuánto tiempo más iba a ser capaz de soportar aquello. Había accedido a acompañarlo a Roma con la estúpida esperanza de que, una vez a solas, cuando hubieran tenido oportunidad de conocerse un poco más, Dante comenzase a sentir algo por ella, pero no había sido así.

Alicia se dijo que iba a tener que ser fuerte y que iba a tener que irse.

–Pasaré a buscarte a las seis porque la función empieza a y media. La señora Pasquale te traerá el vestido a las cinco.

–Dante, te he dicho que es una locura comprar otro vestido nuevo. No lo necesito. Tengo ropa de sobra.

–La función de esta noche es muy importante –insistió Dante.

Alicia se encogió de hombros mientras Dante abandonaba la mesa en la que acababan de compartir la comida. Habían vuelto a su palacio de Milán y se estaban preparando para el gran baile de beneficencia. Habían llegado aquella misma mañana en helicóptero.

Una vez a solas, Alicia se paseó por la casa desorientada e intentó llamar a su hermana, pero no había nadie en la casa de Londres y no los encontró ni en su móvil ni en el de Paolo, pero no se preocupó porque sabía que solían salir a pasear si él conseguía salir del trabajo un poco pronto.

La señora Pasquale le llevó el vestido puntualmente y para las seis estaba vestida y arreglada.

A pesar de que Alicia había aprendido la lección y ya no utilizaba zapatos de tacón alto sino bailarinas, babuchas o mules, le estaban empezando a doler los pies.

La cena ya había terminado, pero había mucha gente bailando todavía, así que le dio un trago al champán y esperó.

En aquel momento, Dante se abrió paso entre los presentes, se acercó a ella, la tomó de la mano y se la besó delante de todo el mundo.

Alicia sintió que el corazón le daba un vuelco, pero se dijo que todo aquello formaba parte de la farsa. Desde luego, Dante estaba sacando provecho del dinero que le estaba prestando a Melanie para su recuperación.

Se iban a casa al cabo de un rato cuando Dante se paró tan de repente que Alicia estuvo a punto de chocarse con su espalda. Al mirar por encima de su hombro para ver qué era lo que lo había hecho frenar así, vio que se trataba de una mujer un poco mayor que ella, de pelo oscuro, piel aceitunada e increíbles ojos verdes.

Estaban hablando en italiano y Alicia no entendía nada, pero tuvo la sensación de que Dante se interponía para que no fuera testigo de la conversación. Aquello la hizo enfurecer.

–Hola, soy Alicia –se presentó colocándose al lado de Dante.

La otra mujer la miró con desprecio y siguió hablando con Dante, que le dijo algo en tono muy serio.

–Dante... por favor, ¿quién es esta mujer?

–Esta mujer –contestó Dante mirando a la morena con frialdad– no es nadie.

Dicho aquello, agarró a Alicia de la mano y la sacó del salón.

Capítulo 17

DANTE, quiero saber quién era esa mujer –insistió Alicia cuando llegaron a casa.

–Ya te he dicho que no es nadie –contestó Dante frunciendo el ceño.

–Pues la conocías –contestó Alicia–. ¿Tuviste una relación con ella?

–¿Por qué lo quieres saber? –se enfadó Dante.

–Lo quiero saber porque, te guste o no, tenemos una relación y la verdad es que me ha asustado cómo la has tratado –contestó Alicia girándose hacia el salón.

Lo cierto era que la aterraba la posibilidad de encontrarse algún día con Dante y que la tratara como había tratado a la otra mujer.

–¿Y bien? ¿Por qué no me quieres decir quién es? ¿No te gusta encontrarte con mujeres con la que has estado? Pues no creo que te sea difícil teniendo en cuenta la cantidad de relaciones que has debido de tener.

Dante se acercó a ella y se paró a pocos milímetros. No se podía creer que estuvieran teniendo aquella conversación. Cuando pensaba en aquella mujer sentía asco y Alicia parecía decidida a descubrir quién era.

Al encontrarse con Sonia, su primer instinto había

sido proteger a Alicia de su veneno e incluso la había escondido detrás de él. Claro que menuda estupidez porque aquellas dos mujeres eran idénticas.

–¿De verdad quieres saber quién es? –se rió con amargura mientras se paseaba por la estancia–. Pues te voy a contar quién es. Probablemente, la admirarás. Se llama Sonia Paparo y sí, tuvimos una relación. Fue hace mucho tiempo, cuando heredé la empresa de Stefano. Para ser exactos, el día después de que ganara mi primer millón apareció en mi vida y me contó una historia muy triste, pero para ser sinceros no me importó lo más mínimo pues su increíble belleza ya me había atrapado.

Alicia sintió que aquellas palabras le dolían, pero había exigido saber quién era aquella mujer y tenía que aguantar la explicación.

–Le conté absolutamente todo sobre mí porque, bueno, cuando uno está enamorado es lo que hace, ¿no?... Le conté que mi madre nos había abandonado, que yo estaba enfadado y dolido por ello, le conté que Paolo la había buscado durante años y que seguía llorando por ella. Entonces, un día, se presentó con una mujer que se abrazó a mí y me pidió perdón por habernos abandonado a mi hermano y a mí.

Alicia sintió que el corazón le daba un vuelco.

–Sonia me contó que había oído a aquella mujer en el mercado contando que había abandonado a sus dos hijos hacía años y que se arrepentía mucho de ello. Jamás dudé de lo que me contaba. Al fin y al cabo, ¿por qué me iba a mentir? Me quería y, además, la historia podría haber sido cierta, pues estábamos en la misma zona de Nápoles. Además, la mujer tenía la misma edad que habría tenido mi madre, se le parecía físicamente y sabía cosas sobre nosotros... claro que luego comprendí que esas cosas se las había contado Sonia.

–Dante...

–No he terminado. Así que metí a aquella mujer en mi casa a pesar de que mi intuición me decía que tuviera cuidado. Yo no estaba dispuesto a perdonar tan fácilmente, pero Paolo, que todavía era muy joven e impresionable, se mostró encantado de haber recuperado a su madre.

Alicia se sentó en una silla y siguió escuchando.

–Yo sabía que Sonia quería que le pidiera que se casara conmigo porque me lo había dejado claro desde el principio, pero yo no se lo había pedido, pues me había prometido a mí mismo no casarme jamás. Sin embargo, para aquel momento, mi «madre» había asumido su nuevo papel y me repetía un día tras otro que me casara con Sonia. Un día, volví a casa y las sorprendí en la cocina, comentando la cantidad de dinero que tendrían cuando me hubiera casado con Sonia –se rió con amargura–. Me sentí como un idiota. Sobre todo, porque ya había elegido incluso la alianza.

Alicia se quedó helada.

–De tal palo, tal astilla. Madre e hija eran maravillosas actrices y estuvieron a punto de engañarnos como a dos bobos. Lo peor fue tenerle que contarle la verdad a Paolo, tener que verle sufrir de nuevo ante el abandono de su supuesta madre.

–Lo siento mucho –se lamentó Alicia poniéndose en pie–. Sé perfectamente lo que se siente en casos así...

–¿Tú? –le espetó Dante furioso–. ¿Cómo sabes tú lo que es que te abandonen?

–Lo sé porque a mí también me abandonó mi madre y tuve que ver cómo se iba y nos abandonaba a mí y a mi hermana cuando yo tenía cuatro años y Melanie dos y medio.

«Mentira», pensó Dante.

–¿Cómo te atreves? Te cuento esto y lo aprovechas para inventarte una historia de abandono. ¿Acaso no tienes imaginación y tienes que copiar la mía? ¿No te ha valido con la historia del bebé de tu hermana?

Alicia cerró los ojos. Estaba muy pálida.

–No eres capaz de creer que tu hermano se haya enamorado de una chica amable y buena, no te crees que vaya a tener un hijo y que se quiera casar, ¿verdad? –le dijo con incredulidad–. A ti te engañaron de manera espantosa, pero no todas las mujeres somos así. En cuanto a mi historia, te guste o no, las coincidencias existen y da la casualidad de que tu historia y la mía son similares –añadió enfadada de repente–. Para ser sinceros, no me importa si me crees o no. Debería estar acostumbrada a que no confíes en mí porque no te has creído ni una sola palabra de lo que te he dicho desde que nos conocemos y te aseguro que desde el principio no he hecho más que contarte la verdad y, cuando me he equivocado, te he pedido perdón. Puedes consultar el registro del orfanato Londres Norte y verás que estuvimos allí.

–¿Y por qué no me lo has dicho antes?

–¿Me habrías creído? –le preguntó Alicia con tristeza–. Por cierto, si creías que iba a admirar a una mujer capaz de hacerte lo que Sonia te hizo, es que no me conoces en absoluto –añadió dolida–. La verdad es que no quieres conocerme. Tú lo único que quieres es un cuerpo en tu cama.

Dante dio un paso hacia ella, pero en aquel momento sonó su teléfono móvil. Alicia escuchó entonces una rápida conversación en italiano y comprendió que había ocurrido algo.

–¿Es Melanie? –le preguntó cuando Dante colgó el teléfono.

–Sí, la han tenido que llevar a urgencias para hacerle una cesárea –contestó Dante poniéndole la mano en el hombro.

–Pero si sólo está de siete meses y medio –se lamentó Alicia llevándose la mano al pecho.

Dante se apresuró a rodearle los hombros con el brazo, la llevó a su habitación para que se cambiara de ropa y en menos de una hora estaban volando hacia Inglaterra.

Para cuando llegaron al hospital, estaba amaneciendo. Alicia no esperó a que el conductor le abriera la puerta sino que salió corriendo del coche, encontró la habitación de su hermana y, al entrar, la vio con Paolo, ambos cansados, pero sonrientes.

–Lissy –le dijo su hermana al verla–. Eres tía, tienes una preciosa sobrina que se llama Lucía. Es muy pequeña, pero es fuerte, una guerrera. Está bien –le dijo con lágrimas en los ojos.

–Oh, Mel, qué preocupada estaba –gimió Alicia abrazándola con fuerza mientras las lágrimas le resbalaban por las mejillas.

Dante estaba en la puerta, pero Alicia no quería ni mirarlo. Oyó que Melanie le decía que había sido tío. Menos mal que su hermana no sabía que Dante sospechaba que el hijo no era de Paolo, menos mal que su hermana no sabía que le había exigido que se hiciera una prueba de paternidad.

Alicia comprendía que tenía razones para mostrarse desconfiado, pero no le perdonaba que les fuera a hacer pasar por aquella prueba. Estaba tan concentrada en sus pensamientos que no se dio cuenta de que Paolo le indicaba a su hermano que saliera de la habitación para hablar con él.

Una vez en el pasillo, Dante se dio cuenta de que su hermano parecía mucho más maduro.

—Quiero enseñarte una cosa, Dante.

Dante siguió a su hermano por el pasillo, pero Paolo se paró de repente y lo miró.

—Ni siquiera sabes cómo conocí a Melanie, ¿verdad? No, claro que no. Para que lo sepas, no fue en el trabajo. Nos conocimos en un evento que se organizó para recaudar fondos para uno de nuestros orfelinatos. Fue el año pasado, cuando estabas en Sudamérica y yo fui en tu lugar. Melanie estaba allí porque en su tiempo libre se dedica a hacer voluntariado con un orfanato de la zona que nosotros tenemos subvencionado. ¿Sabes por qué lo hace?

Dante sintió que palidecía.

—Lo hace porque ella también se crió en un orfanato. Con Alicia. Su madre las abandonó, exactamente igual que a nosotros —le explicó—. Seguro que no te lo crees, pero...

—Basta —lo interrumpió Dante—. Sí, claro que me lo creo. Alicia me lo ha contado.

Paolo se quedó mirándolo con intensidad y volvió a avanzar por el pasillo. Cuando llegaron frente a un gran ventanal, le indicó una incubadora en la que había un bebé minúsculo de piel aceitunada y pelo negro.

En la etiqueta que había colgada de su incubadora, se leía *Lucia D'Aquanni*.

El nombre de su madre.

Dante sintió una emoción tan fuerte que se quedó sin palabras y tuvo que apoyarse en el cristal para no perder el equilibrio.

–Dante, eres mi hermano y te quiero –le dijo Paolo–. Si quieres que me haga la prueba de paternidad, me la haré, pero sólo por ti. Yo no quiero ver los resultados. No los necesito. Sé perfectamente que ese bebé es mío. Lo sé y quiero a su madre. Nos vamos a casar y me da igual si te parece bien o no.

–No, no quiero que te hagas la prueba –contestó Dante poniéndole la mano en el hombro a su hermano–. Te pido perdón por pedirte que te la hicieras y por haberte hecho pasar por todo esto –añadió pidiéndole perdón con la mirada.

Capítulo 18

ALICIA estaba de espaldas a la puerta, pero sintió que los hermanos volvían a la habitación y se tensó.

–Melanie –le dijo Dante a su hermana tras tomar aire–, te doy la enhorabuena por haber sido madre. Me alegro también de que te vayas a casar con mi hermano y te pido perdón si te he ocasionado algún daño.

Alicia no se atrevía a mirárlo, tenía la mirada centrada en sus manos.

–Señor D'Aquanni, gracias –contestó Melanie–. No hace falta que me pida perdón. Sé lo que... bueno, da igual lo que sepa, lo que importa es que Paolo y yo estamos juntos y que nuestra hija está bien.

Alicia levantó la mirada en aquel momento y sus ojos se encontraron con los de Dante.

–Alicia, por favor, ven –le dijo él.

Alicia fue a ver a su sobrina mientras Dante la esperaba a cierta distancia, pues no sabía si iba a ser capaz de volver a ver a la niña.

Una vez fuera de la clínica, Alicia sintió que una curiosa calma se había apoderado de ella. Era evidente que ver a su sobrina no había obrado ningún cambio en Dante. Aquello significaba que ella sí que iba a tener que hacer cambios. No podía seguir así.

Se giró hacia Dante, que le estaba abriendo la

puerta del coche como si tal cosa. Aquel simple gesto la enfureció. ¿Acaso se creía que podía seguir adelante como si no hubiera sucedido nada?

–¿Qué te ocurre? –le preguntó Dante al ver que no subía al coche.

–No me voy a ir contigo –contestó Alicia.

–¿Cómo? Claro que te vienes conmigo. Venga, tengo que estar de vuelta en Roma esta noche y hace frío. Haz el favor de entrar en el coche.

–No, no me voy a ir a Italia contigo. Se terminó, Dante –contestó Alicia negando con la cabeza.

–Alicia, por favor, podemos hablar en el coche –insistió Dante presa del pánico–. Si quieres quedarte unos cuantos días, me parece bien. Mandaré el avión a recogerte cuando quieras volver... o, si lo prefieres, puedes tomar tú un vuelo. Ya sé que...

–¡No! –lo interrumpió Alicia–. No entiendes nada. Lo que te estoy diciendo es que esto se acabó. Quiero que te vayas. Yo me quedo aquí. Soy consciente de que nos volveremos a ver en la boda de nuestros hermanos o en algún otro lugar, pero nuestra relación ha tocado fondo. Se acabó, Dante –contestó Alicia con sumo dolor.

–No, no lo acepto –contestó Dante como loco–. Seré yo el que ponga fin a esta relación cuando a mí me dé la gana.

–Ése es, precisamente, el problema –contestó Alicia con tristeza–. Es cierto que algún día pondrás fin a nuestra relación y yo no podré soportarlo.

Dante la miró confuso y Alicia se dio cuenta de que sólo había una manera de deshacerse de él, así que tomó aire y echó los hombros hacia atrás.

–¿Qué quieres decir? –le preguntó Dante.

–Quiero decir que... soy una estúpida y me he enamorado de ti –declaró.

–Eso es imposible –contestó Dante sorprendido–.
Yo no te pedí en ningún momento que te enamoraras
de mí.

A Alicia le entraron ganas de reírse a carcajadas.

–No le puedes pedir a nadie que no se enamore de ti
porque enamorarse es incontrolable, nadie puede controlar su corazón y mi corazón te quiere, Dante, pero
no quiero medias tintas, lo quiero todo, no quiero una
relación temporal, quiero una relación para toda la
vida, quiero casarme y tener hijos, quiero sentir la felicidad que sienten Melanie y Paolo, quiero envejecer
contigo, lo quiero todo... y se que tú no quieres lo
mismo. Es obvio.

Dante se quedó mirándola azorado y Alicia supuso
que sus palabras no le hacían sentir absolutamente
nada. Sin embargo, Dante se estaba debatiendo entre
confiar de nuevo y no volver a confiar jamás. La última vez que había creído en otra persona había sufrido mucho.

Aquello lo llevó a dar un paso atrás, hacia el coche.

–Por lo que veo, has tomado una decisión.

Alicia asintió y sintió una intensa pena al ver que
Dante permanecía calmado, distante y frío. Aquel
hombre no tenía corazón.

–¿Quieres que te lleve a algún sitio?

–No, gracias –contestó Alicia–. Lo único que quiero
es que te vayas.

Sin apenas mirar atrás, Dante se montó en el
asiento trasero y cerró la puerta. Alicia se quedó en el
bordillo mirando cómo el coche se alejaba, sola y pen-

sando en que era una suerte estar tan cerca de una clínica si se desmayaba.

Cuando peor lo pasaba era por la mañana, cuando alargaba el brazo y encontraba la cama vacía y fría y recordaba que Dante ya no estaba.

Una mañana, recordó la última conversación que habían tenido y supuso que, al final, cuando había mencionado que podía ir al orfelinato y consultar el registro, Dante había terminado por creer su historia por muy coincidente que hubiera parecido con la suya.

El hecho de que les hubiera pedido perdón a Melanie y a Paolo indicaba que había aceptado la verdad. ¿Cómo no iba a aceptarla después de haber visto a Lucía, que era exactamente igual que Paolo?

Sin embargo, a pesar de todo, era absurdo obsesionarse con las palabras. Dante era incapaz de dejar que ninguna otra persona fuera dueña de su corazón, pues estaba lleno de demonios y contradicciones.

Aquella semana, Alicia se hospedó en un hostal cercano a la clínica. Por las mañanas, iba a visitar a Melanie y a Paolo y, por las tardes, volvía al hostal y lloraba sin parar por haberse enamorado de un hombre como Dante.

Aquel fin de semana, volvió a su casa de Oxford para preparar la mudanza. Melanie le había dicho que se fuera con ellos, pero Alicia no quería porque la casa en la que ellos estaban era de Dante.

En aquel momento, llamaron al timbre, lo que obligó a Alicia a salir de la cama. Se sentía como si tuviera cien años. Sabía que sería la señora Smith, su vecina. Solía ir todos los fines de semana a la misma hora para pedirle el favor de que le trajera un poco de leche de la tienda de la esquina, así que Alicia se puso unos vaqueros viejos y una sudadera y abrió la puerta intentando sonreír.

–Buenos días, señora Smith.

–Siento mucho volver a molestarte, pero me duele la cadera a causa de la lluvia y...

–No pasa nada –contestó Alicia poniéndose los zapatos y el abrigo.

«Si usted supiera el favor que me está haciendo obligándome a salir de casa...», pensó.

Cuando volvía a casa desde la tienda, Alicia iba hojeando el periódico que había comprado y no se dio cuenta de que en la puerta había varios hombres hasta que levantó la mirada para ver por dónde iba. En cuanto reconoció a uno de ellos, se le cayó la leche de las manos. También el periódico. Al instante, la sorpresa y el dolor se apoderaron de ella y la impulsaron a pasar frente a los hombres directamente hacia la puerta de su casa.

–No... no, déjame en paz, Dante –gritó intentando meter la llave en la cerradura.

Dante la tomó de sus manos, que temblaban, agarró a Alicia del brazo y la giró hacia sí. Tenía un aspecto terrible. Estaba pálido y tenía ojeras. Alicia sintió pena por él e incluso estuvo a punto de acariciarle la mejilla.

–Dios mío, Dante... ¿qué te ha pasado? Estás...

–Casi tan mal como tú –contestó Dante.

–Si has venido a insultarme...

–Claro que no –contestó Dante pasándose los dedos por el pelo–. ¿Acaso no lo ves?

–No, no veo nada.

Dante se hizo a un lado y Alicia reconoció a los

otros hombres. Se trataba del periodista y del fotógrafo
a los que ella había acudido en Italia, los mismos hombres que la habían acompañado a casa de Dante en el
lago Como.

–¿Qué hacen aquí?

–Les he pedido que me acompañaran en calidad de
testigos –contestó Dante.

Alicia lo miró confusa cuando Dante se arrodilló
ante ella en mitad del charco de leche.

–Alicia, me he comportado como un idiota. He sido
un estúpido. Cuando me separé de ti, me dije que no te
necesitaba, que no te quería, que no te amaba...

Alicia sintió que se mareaba. Dante la estaba mirando y ella no se podía mover.

–Tenías razón. El corazón sabe perfectamente lo
que quiere y mi corazón te quiere a ti, te necesita y te
ama. Esta última semana me he dado cuenta de que, si
no te tengo en mi vida, mi futuro será horrible –declaró con lágrimas en los ojos–. Ha sido sólo una semana, así que no quiero ni plantearme lo que sería toda
la vida sin ti. Ahora comprendo lo que me ha sucedido.
Cuando todo esto estalló, cuando vi el paralelismo que
existía entre lo que estaba sucediendo ahora y lo que
me había sucedido antes, simplemente tuve celos de
Paolo porque él tuvo el coraje para enamorarse y para
creer que todo le saldría bien, tuvo la valentía de volver a confiar. Quiero que sepas que tú, pequeño tor-
nado, me encandilaste desde el primer momento. No
quise admitírmelo a mí mismo y, por eso, retorcía todo
lo que tú hacías y decías de la peòr manera posible. Lo
hice porque era un cobarde, porque no quería volver a
confiar en nadie.

Alicia sintió que los ojos se le humedecían y tuvo

que tragar saliva varias veces. Debía de estar soñando. Sin embargo, la presencia de los periodistas significaba que todo era real.

–Por favor, dime que no he llegado demasiado tarde –suplicó Dante tomándola de las manos.

Alicia negó con la cabeza. No sabía qué decir, no sabía por dónde empezar. Su corazón latía aceleradamente, estaba encantada de volver a verlo y de escuchar lo que le estaba diciendo.

–No, no es demasiado tarde –contestó mientras las lágrimas le resbalaban por las mejillas.

Dante sintió que el alivio y la alegría se apoderaban de él, tomó Alicia entre sus brazos y la levantó por los aires. Alicia le tomó el rostro entre las manos y comenzó a besarlo por todas partes de manera apasionada y nerviosa.

Entonces, se dio cuenta de que el fotógrafo estaba disparando su cámara sin cesar y de que el reportero tomaba notas, pero no le importó. Ella se limitó a abrazar con fuerza a Dante, a aspirar su olor y a susurrarle al oído.

–¿Les podrías decir que se fueran?

Dante asintió.

–Quería que me creyeras, quería demostrarte que puedes confiar en mí.

Alicia sonrió y volvió a besarlo.

–Bueno, ya basta –le dijo Dante a los periodistas–. Ya tenéis lo que queríais.

Alicia no se podía creer que hubiera puesto su corazón al descubierto en público. Y lo había hecho por ella.

Dante estaba a punto de girar la llave cuando Alicia se dio cuenta de una cosa.

–¡La leche de la señora Smith! –exclamó.

–¿Si vamos por ella te casarás conmigo? –contestó Dante.

Alicia asintió feliz.

Los asombrados periodistas fotografiaron a Dante D'Aquanni y a Alicia Parker entrando agarrados de la mano en la tienda de la esquina a comprar leche y al día siguiente todo el mundo supo que se iban a casar aquel mismo invierno en la casa que Dante tenía en el lago Como.

Tres años y medio después

Dante recogió el juguete que había quedado tirado en el suelo del vestíbulo, se paró cuando estaba a punto de subir las escaleras y miró a su alrededor.

Había pruebas por todas partes de que allí vivía un niño pequeño. Un niño pequeño y ahora otro todavía más pequeño.

Dante sintió que el corazón se le llenaba de felicidad y siguió subiendo las escaleras. Y pensar que había creído que jamás podría experimentar tanta felicidad. Y pensar que se la había negado a sí mismo. Y pensar que había renunciado al amor y a la alegría de encontrar a su alma gemela y de formar una familia.

Dante se estremeció al pensar en que había estado a punto de no vivir todo aquello.

En aquel momento, su esposa salió a recibirlo. Se estaba abotonando el vestido y le sonrió. Dante sintió que sonreía de manera natural al verla y aceleró el paso.

Alicia parecía algo cansada, había engordado un

poco y tenía más pecho porque estaba amamantando a su recién nacido. A pesar de todo, Dante sintió que el deseo se apoderaba de él como la primera vez que la había besado.

Podía decir a ciencia cierta que nunca había visto a ninguna mujer más guapa. Cuando llegó junto a ella, la tomó en brazos y Alicia lo miró y puso los ojos en blanco mientras Dante la llevaba hacia el dormitorio.

–Dante D'Aquanni, ¿cuándo vas a dejar de llevarme por ahí en brazos? Tengo piernas...

La puerta se cerró tras ellos y durante un rato sólo se oyeron voces hablando en susurros, risas, gritos de placer y paz.

Por lo menos, durante un rato...

Bianca™

Ella trabajaba de camarera cuando apareció un hombre increíble que le cambió la vida…

Carrie Richards había entrado en el lujoso mundo del millonario griego Alexeis Nicolaides. Tendría todo lo que pudiera desear… si estaba dispuesta a pagar el precio. Era un sueño hecho realidad.

Lo que compartían en el dormitorio era sencillamente explosivo. Pero las consecuencias de una noche de pasión pusieron fin de golpe al cuento de hadas. Resultó que Alexeis no era ningún príncipe azul… era un hombre empeñado en hacerla suya a toda costa.

Más que una aventura

Julia James

Acepte 2 de nuestras mejores novelas de amor GRATIS

¡Y reciba un regalo sorpresa!

Oferta especial de tiempo limitado

Rellene el cupón y envíelo a
Harlequin Reader Service®
3010 Walden Ave.
P.O. Box 1867
Buffalo, N.Y. 14240-1867

¡Sí! Por favor, envíenme 2 novelas de amor de Harlequin (1 Bianca® y 1 Deseo®) gratis, más el regalo sorpresa. Luego remítanme 4 novelas nuevas todos los meses, las cuales recibiré mucho antes de que aparezcan en librerías, y factúrenme al bajo precio de $3,24 cada una, más $0,25 por envío e impuesto de ventas, si corresponde*. Este es el precio total, y es un ahorro de casi el 20% sobre el precio de portada. !Una oferta excelente! Entiendo que el hecho de aceptar estos libros y el regalo no me obliga en forma alguna a la compra de libros adicionales. Y también que puedo devolver cualquier envío y cancelar en cualquier momento. Aún si decido no comprar ningún otro libro de Harlequin, los 2 libros gratis y el regalo sorpresa son míos para siempre.

416 LBN DU7N

Nombre y apellido	(Por favor, letra de molde)

Dirección	Apartamento No.	

Ciudad	Estado	Zona postal

Esta oferta se limita a un pedido por hogar y no está disponible para los subscriptores actuales de Deseo® y Bianca®.
*Los términos y precios quedan sujetos a cambios sin aviso previo.
Impuestos de ventas aplican en N.Y.

SPN-03   ©2003 Harlequin Enterprises Limited

Jazmín

La novia del jefe
Ally Blake

Necesitaba alguien que diera vida a su negocio, pero no imaginaba que también le devolvería la vida a él

Cuando Veronica Bing apareció con sus pantalones estrechos y sus botas altas y le dijo que era la persona ideal para el empleo, Mitch Hanover no tuvo más remedio que darle la razón.

Veronica sabía por experiencia que tener una relación con alguien con quien trabajaba no era buena idea y era evidente que el guapísimo Mitch podría resultar muy peligroso. Era cierto que también él se sentía atraído por ella y que sus besos la derretían, pero Veronica sabía que, después de perder a su mujer, Mitch había jurado que no volvería a enamorarse… a menos que ella pudiera hacerle cambiar de opinión.

Deseo™

Pasión al límite

Sara Orwig

Ashley Smith se había quedado embarazada después de una noche inolvidable. Sabía que debía decirle a Ryan Warner que el hijo que esperaba era suyo... pero no imaginaba que él insistiera en casarse. Ashley aceptó la proposición por el bien del niño; el dinero y el poder de Ryan no le importaban lo más mínimo.

Ryan estaba acostumbrado a que las mujeres se interesaran en él por su dinero, sin embargo, Ashley parecía distinta. ¿Se atrevería a concederle una oportunidad a la mujer que iba a darle un heredero?

¿Cómo podía saber que ella no era como las demás?

–Sí, creo que la conozco –contestó.

Así que la había reconocido.

Alicia se preguntó si recordaría también lo que le había dicho. Entonces consiguió liberarse de la intimidación que la mantenía callada. Era su momento, su oportunidad. Aunque los echara y el fotógrafo no pudiera hacer fotografías, el periodista tendría un artículo y Dante se vería obligado a confesar lo que había hecho, se vería obligado a pensar en Melanie.

Alicia abrió la boca, pero, justo en el momento en el que iba a hablar, el reportero se le adelantó.

–Esta mujer nos ha dicho que tiene una historia jugosa sobre usted.

Dante dio un respingo, se fijó en cómo lo miraba aquella mujer, enfadada, y recordó lo que le había dicho cuando le había salido al paso la semana anterior.

«Es usted el padre de mi sobrino y, si cree que va a poder eludir sus responsabilidades, está muy equivocado».

Era una acusación tan ridícula que ni se había parado a pensar en ella. No había salido con nadie en Inglaterra, sabía perfectamente con quién se había acostado recientemente y tenía muy claro que ninguna de sus amantes estaban ni remotamente relacionadas con aquella mujer. Como millonario que era elegía con mucho cuidado a sus amantes y evitaba por todos los medios que se produjeran situaciones como la que se estaba produciendo. Muchas mujeres habían intentado atraparlo y aquélla era una más.

Dante no sabía si era una empleada, pero lo que sí sabía era que debía de ir muy en serio cuando lo había seguido hasta allí. En el acto, se dio cuenta del daño que le podía hacer y decidió que debía impedírselo.

Alicia decidió que había llegado su gran momento y se lanzó.

–Este hombre… –comenzó con valentía.

Sin embargo, al oír un perro a sus espaldas, se giró y vio que se trataba de un guarda de seguridad. Al instante, se dijo que no debía dejarse impresionar, se giró de nuevo hacia Dante D'Aquanni y repitió.

–Este hombre...

Los periodistas que la acompañaban la miraban expectantes y Alicia pensó que debería haberles contado su historia antes de ir hasta allí. Quizás se sintieran defraudados.

–Este hombre es responsable de...

Pero no le dio tiempo a terminar porque sus labios se vieron paralizados bajo una boca cruel y dura. Alicia sintió que el mundo se volvía oscuro y se desorientó. Dante D'Aquanni la había tomado en brazos, la había levantado del suelo y la apretaba contra su pecho.

Alicia se encontraba tan desbordada que le costaba pensar. Para empezar, por el olor que la envolvía, caliente y almizclado, pero también por la sensación de encontrarse pegada a su pecho, un pecho duro, musculado y fuerte. Y no podía liberarse de aquellos labios, unos labios que estaban explorando su boca en aquellos momentos.

De repente, sintió que todo su cuerpo se derretía y que un calor insoportable la recorría de pies a cabeza. La lengua de aquel hombre, aquella invasión sedosa y caliente, aquella lengua que estaba recorriendo su boca...

Alicia pensó que debía de haberse vuelto loca, que

alguien la había poseído y que su cuerpo estaba actuando por decisión propia.

Dante apartó la cabeza y se dijo que no sabía por qué había hecho lo que acababa de hacer. Mientras se miraba en los inmensos ojos marrones de aquella mujer y se fijaba en sus labios sonrosados y voluminosos, se dio cuenta de que estaba temblando y que se aferraba con fuerza a su camisa.

¿De dónde había salido aquella ninfa? ¿Se había vuelto loco el mundo en una hora?

El guarda de seguridad gritó algo y Dante sintió que volvía a la cordura. Entonces se dio cuenta de que tenía agarrada a la mujer, que no tocaba el suelo, contra su pecho. Tras soltarla sin miramientos, se percató de que estaba muy excitado.

El guarda de seguridad se acercó a los periodistas y los agarró con fuerza para echarlos.

–Señor D'Aquanni, esta misma tarde se le ha visto con Alessandra Macchi –dijo uno de ellos–. ¿Qué significa esto? ¿Quién es su nueva amiga? Aunque no me lo diga, no tardaré mucho en averiguarlo...

–Sin comentarios –contestó Dante.

Acto seguido, se dio cuenta de que no podía permitir que aquella mujer se fuera. Aquella desconocida era como una escopeta sin seguro. Debía hablar con ella y averiguar por qué lo acusaba de lo que lo acusaba y, sobre todo, debía evitar que la prensa se fijara en él, pues tenía una negociación vital que comenzaba la siguiente semana.

¿Pero qué demonios le había ocurrido? Actuar como lo había hecho, que no era propio de él en absoluto, lo había puesto muy nervioso.

Dante sabía que su guarda de seguridad confiscaría

la cámara y borraría las imágenes digitales, pero no estaba seguro de que no hubieran captado aquel beso desde otro ángulo.

Había besado a aquella mujer delante de aquellos hombres, tampoco les hacían falta fotografías.

–Un momento –gritó.

El guarda de seguridad se paró en seco.

Alicia, que había quedado como lobotomizada por el beso de Dante D'Aquanni, se limitó a observar.

–Lo que ha ocurrido, me temo, es muy sencillo –sonrió el empresario–. Esta señorita os ha utilizado. Es cierto que he quedado esta tarde con Alessandra. Ha sido sólo para intentar darle celos a mi pareja actual –relató mirando a Alicia, agarrándola de la mano y besándosela–. Y ha surtido efecto.

Alicia se dio cuenta de que el periodista se creía lo que le estaban contando y se dijo que deberían nominar a Dante D'Aquanni para los Oscar.

–¿De dónde ha salido? –gritó el reportero ya ha cierta distancia.

–Bueno, todos tenemos secretos, ¿no? Después de tantos años, supongo que entenderás que, cuando he decidido tener una relación realmente seria, haya preferido mantenerlo en secreto.

Alicia estaba tan sorprendida que no se le ocurría cómo iba a salir de aquella situación.

Dante odiaba a la mujer que tenía a su lado. ¿Cómo se había atrevido a hacerle aquello? Lo había puesto entre la espada y la pared.. El periodista tenía una historia y, si a Dante se le ocurría llamar a la policía, las cosas no harían sino empeorar, así que se vio obligado a sonreír.

–No hace falta que os diga que ésta es la última vez